Britta C. Dunker

•

Todesstern

Unter ungeklärten Umständen ist im Pflegeheim Lebensruh (Todesstern genannt) eine alte Frau verstorben. Matthias Baerke, Altenpflegehelfer, sitzt in Untersuchungshaft und berichtet über den Heimalltag, die zur Normalität gewordene Gewalt und den unerträglichen Zeitdruck innerhalb der Institution.

Matts erlebt die Ausnahmesituation der Haft zunächst als Erholung, bis die Außenwelt in Form von Anwälten, Psychologen, Journalisten, kirchlichen Vertretern, Freunden und Familie in seine vermeindliche Ruhe eindringen, und verschiedene Aspekte von ihm eine Entscheidung verlangen.

Britta C. Dunker, Jahrgang 68, erhielt für ihren dritten Roman, Todesstern zahlreiche Preise und Stipendien. Sie lebt in Kiel, ist freie Autorin und Jobberin.

„Todesstern" kommt mit sprachlicher Einfachheit bei gleichzeitiger Tiefe daher. Die für Sprachwitz und Wortjonglagen bekannte Autorin glänzt hier mit bisher unbekannter Schlichtheit, mit einem Stil, der durch seine Authentizität betroffen macht.

„Ich bin wahrscheinlich ein Mörder, aber ich habe es nicht so gemeint."

„Wie es dazu kam, ist mir ein Rätsel. Man rutscht in den Schlamassel rein, und dann ist es passiert."

„Die Vorstellung, im Gerichtsaal neben meinem Anwalt zu sitzen, während er von meiner Unschuld spricht, ist mir irgendwie unangenehm."

(Mit-)Schuld und Verantwortung sind die zentralen Themen des Romans. Die Blindheit und das Nicht-Wissen-Wollen sind enorm, dabei ist die Wirklichkeit brutaler als selbst viele, die in dem Beruf arbeiten, wahrnehmen wollen, brutaler, als die wenigen durch die Medien aufgedeckten Fälle vermuten lassen.

Britta C. Dunker ist Geheimtip und Außenseiterin im Literaturbetrieb. Die Stipendiatin ist ihrer unbequemen und eigenwilligen Art treu geblieben, so treu, daß sich kein „großer" Verlag finden will, der das heiße Eisen „Pflegenotstand" anzufassen wagt.

Britta C. Dunker

Todesstern

Roman

1. Auflage 2001

Diese Arbeit wurde gefördert durch Stipendien der Stadt Otterndorf und des Schleswig-Holsteinischen Künstlerhauses Eckernförde.

„Zwischen Töten und Sterben liegt noch das Leben"

Christa Wolf, Kassandra

Für Thorsten, Andre, Holger,
Karin, Karen, Jörg, Alexandra, Veronika, Ute, Petra,
Heike, Daniela und die anderen,
die noch aushalten.

Alle Personen und Handlungen sind sowas von erfunden!
Ähnlichkeiten mit existierenden Pflegeheimen oder dort arbeitenden und lebenden
Menschen sind natürlich rein zufällig!

Mensch müßte man sein, einfach nur die Freiheit haben, menschlich zu sein. Aber das ist nicht leicht. Ich liege hier in dieser Zelle mit nichts als meinen Gedanken, Gedanken, die genauso gefangen sind wie mein Körper, Gedanken, die um den Todesstern kreisen.

Ich versuche einen Sinn in all dem, was geschehen ist, zu entdecken oder zumindest eine Wahrheit, aber da ist nichts.

Früher habe ich mir oft gewünscht, unsichtbar zu sein. Hier, um mich die Wände, sie machen mich dazu. Ich sollte mich nicht darüber freuen, aber es ist sicher und gut so.

Die Zelle ist ungefähr 3,20 m mal 4,80 m. Soviel haben die Alten auf dem Todesstern auch zum Leben. An den Wänden stehen Sprüche, und einige sehen aus, als wären sie direkt mit den Fingernägeln hineingeritzt worden.

„Alle Gejagten sind brutal", das ist der eine, der mir besonders peinlich ist. Er ist wie die Schilder im Zoo, vor den Käfigen.

Der Raum ist hoch, nach oben hin gibt es viel Platz. Ich könnte aufrecht stehen und sogar die Arme ausstrecken, ohne anzustoßen. Ich könnte, aber ich will nicht. Meine Größe war immer ein Problem. Mutter mahnte ständig, ich solle mich nicht so hängen lassen. „Sitz aufrecht! Geh gerade! Krumm wirst Du später von alleine!" Das waren Standardsätze von ihr, aber irgendwie war ich für mein Alter immer zu groß geraten, und es ist mir sogar heute noch ein wenig unangenehm, wenn die Sprache darauf kommt.

Es ist mitten in der Nacht, und wird noch ziemlich lange dauern, bis der Schliesser, der heute Dienst hat, kommen wird. Es wird nicht Müller sein, der hat ein paar Tage frei - das hat er mir gestern noch erzählt - es ist irgendein anderer, der sich dann um mich kümmert. Ich habe ihn erst einmal gesehen. Er ist neu und jung, und man sieht ihm an, daß er seinen Job und die Leute hier haßt.

Der Neue könnte glatt Urths Sohn sein. Sogar sein Lächeln und die Höflichkeit sind genauso falsch. Man denkt immer, er läuft jeden

Moment Amok. Urtherer, ich nenne ihn so, weil ich seinen Namen nicht weiß, Urtherer wird mich zum Bad bringen und dann draußen warten, während ich mich frisch mache und so. Als ich ihn das erste Mal sah, mußte ich sofort an die Bambuszwillinge denken: Urth Müller und Maike Wille. Ihre Blicke würgten, ihre Worte peitschten mich. Krissie nennt sie die Bambuszwillinge: außen hart und innen hohl. Sie haben versteinerte Gesichter und einen Blick wie eine Wand. Die Beiden sind nicht wirklich verwandt, obwohl sie sich ähnlicher sind als meine Geschwister, deren Geburt nur Minuten auseinanderliegt.

Es muß 1/2 fünf sein. Um diese Zeit wäre ich draußen normalerweise aufgestanden. Ich hab' den Rhythmus auch nach all der Zeit immer noch drin, schrecke mitten in der Nacht hoch und habe Angst zu verschlafen.

Um 6 werde ich zum Waschraum gebracht, um 7 gibt es Frühstück. Meistens Toast mit irgendwelchen fetten Sachen drauf. Ich esse nicht viel. Man kriegt davon Verstopfung. Draußen muß man weniger an unmittelbare Folgen denken, aber hier drinnen ist es eine Notwendigkeit.

Der Kaffee ist Plörre, schwarzes Wasser. Ich habe mir also Milchkaffee trinken angewöhnt, da ist wenigstens ein bißchen Geschmack mit im Spiel. Am besten ist der Kaffee aus dem Automaten im kleinen Besucherraum.

An das harte Bett habe ich mich gewöhnt. Das Bett ist ein Steinquader auf dem Boden, nicht hochklappbar, mit einer Plastikunterlage als Matratze. Trotz der Hitze ist die Wolldecke viel zu kalt zum Schlafen.

Das Wetter spielt völlig verrückt, es sind Temperaturen wie im Hochsommer, dabei haben wir erst Mai.

Sobald es dunkel ist, fällt das Licht des Scheinwerfers von draußen in die Zelle und wirft den Schatten vom Fenstergitter an die Wand. Da wandert es dann und es ist, als würden die Wände sich bewegen.

Die Nächte sind lang. Ich stehe manchmal auf und gehe auf und ab, oder ich zähle einfach so lange, bis ich einschlafe.

Das Licht geht hier um zehn aus, ab dann herrscht so eine komische Schummerbeleuchtung. Es ist ziemlich nervtötend, und als ich es das erste Mal erlebte, war mir einen kleinen Moment lang, als könnte ich mich furchtbar darüber aufregen. Es war der Moment, als ich begriff, daß die mich nicht wieder nach Hause lassen würden. War der Moment, als mein Leben zersplitterte, laut und endgültig wie eine zerschossene Fensterscheibe.

Als die Leuchtstoffröhre in der Zelle sich das erste Mal ausschaltete, wurde mir die Bedeutung der Worte: Verhaftung, Verhör, Anklage erst richtig deutlich. Ich redete mir gut zu, daß das nun einmal so sei und sich nichts daran ändern ließe. Es dauerte nicht lange, und ich glaubte mir. Nur eine winzige Sekunde hatte ich das Gefühl, wenn ich erst einmal damit anfange, mich aufzuregen, dann höre ich für eine Ewigkeit nicht mehr damit auf. In diesem Moment hatte ich richtig Hallus: ich sah mich, ganz winzig klein, auf einem Staudamm stehen und eine riesige Flutwelle unaufhaltsam darauf zukommen; sie krachte gegen die Mauer, brach den Damm, überschwemmte alles und riß, was immer ihr in den Weg kam - auch mich - mit sich fort. Dann war es vorbei: ich dachte an den ganzen Ärger, falls ich etwas gegen die Schummerbeleuchtung sagen würde, und da wurde es mir egal, wie hell oder dunkel es ist. Ich war verwirrt, weil ich eigentlich, wenn ich es recht bedenke, noch nie richtig aufgeregt oder wütend geworden bin, man muß sich ja schließlich beherrschen. Jemand, der so groß und bepackt ist wie ich, muß mit seinen Kräften vorsichtig umgehen, sonst wird noch einer verletzt. Außerdem will ich auch keinen enttäuschen, ich versuche es möglichst allen recht zu machen. Andere verletzen oder enttäuschen, nein, das könnte ich gar nicht aushalten.

Die Zelle ist wie ein Fahrstuhl, der zwischen zwei Etagen steckengeblieben ist. Dadurch habe ich endlich Ruhe. Und Zeit. Davon ist mir zuletzt, glaube ich, sehr viel abhanden gekommen.

In meine Erinnerungen mischen sich immer wieder Gerüche, Sätze und Geräusche aus Lebensruh. Ich habe dort im Heim meine Unschuld verloren. Lange bevor man mich Mörder nannte, bin ich schuldig geworden. Schuld war die Grundlage für jede neue Untat.

Mörder betitelt zu werden, ist nicht nur schlimm, irgendwie erleichtert es mich auch. Ich weiß, das klingt verrückt, und es ist nicht das, was man von mir erwartet, aber es fühlt sich doch richtig an.

Unter uns nannten wir das Heim den Todesstern. Das Gebäude lag auf einem Berg. Wenn ich ihn früh am Morgen von der Bushaltestelle aus hinaufkletterte, wirkte das Haus inmitten der Schwärze wie ein vieläugiger, unheilbringender Fremdkörper im All, wie ein technokratisches Schreckgespenst, das mich mit seinem Fangstrahl erfaßt hatte und anzog.

Wir Kollegen begrüßten uns mit: „HIL!", „HALLO SCHWESTER!" oder „EI, EI!" All das, was und wie es die Bewohner ständig schreien. Zur Antwort erhält der Grüßende meist „Hel-fen-Sie-mir!", „ICH KANN NICHT MEHR!" oder „GACK, GACK, SAGT DAS HUHN!".

Überhaupt sahen wir den Alten immer ähnlicher. Zum Beispiel morgens, wenn wir da in der Teeküche hockten und noch schnell eine qualmten, dann waren da so Momente, wo wir genauso stumm und stumpf vor uns hinstarrend dasaßen, wie unsere Bewohner. Der einzige Unterschied zwischen uns und den Alten war, daß Qualm aus uns dampfte, wie aus irgendwelchen blöden Schnellkochtöpfen.

Es war nie Zeit zum Luftholen, nie Zeit zum Fragen. Unser normales Tempo war Herzrasen und Sprint, anders war das Pensum nicht zu schaffen. Kam etwas Unvorhergesehenes dazwischen, verwandelte sich die Arbeitszeit in einen einzigen Endspurt.

Nach dem Dienst war ich immer ganz atemlos. Es war dann so ein Nichts in mir, als sei ich zu schnell gerannt, und irgendetwas wäre in der Eile nicht richtig mitgekommen. So wie man es manchmal bei Zeichentrickfilmen sieht.

Wenn ich Frühdienstwoche hatte, war der Abend von vornherein gelaufen. Ab 20:00 Uhr begann der Countdown. Eine Stimme, die der Maikes, meiner Wohngruppenleiterin, sehr ähnlich war, flüsterte unentwegt: beim nächsten Herzschlag sind es noch acht Stunden und neunundzwanzig Minuten, bis der Wecker klingelt, bum-bum, beim nächsten Herzschlag sind es noch acht Stunden und achtundzwanzig Minuten, bis der Wecker klingelt, bum-bum...!

Jedesmal sagte ich mir: den Abend jetzt zu beenden, ins Bett zu gehen und zu schlafen, das würde bedeuten, genug Schlaf bekommen, um morgens fit zu sein. Die Antwort darauf lautete ein ums andere Mal: aber, wenn der Abend jetzt beendet wird, ist bald der nächste Dienst da und du hast kein Leben gehabt!

Gegen 22:00 Uhr schließlich war die Stimme so laut, daß mein Kopf schmerzte: Beim nächsten Herzschlag sind es noch sechs Stunden und siebenundzwanzig Minuten, bis der Wecker klingelt, bum-bum!

Nach einem Jahr auf dem Todesstern wurde Erschöpfung zum Normalzustand.

Jessica hatte sich anfangs beschwert, daß ich abends immer zu müde gewesen sei, um irgendetwas zu unternehmen. Sie konnte nicht verstehen, daß ich nach Feierabend von Müdigkeit und gähnender Leere beherrscht war. Später beklagte sie sich nicht mehr, noch später hatte sie Termine. Als ich anfing, sie zu vermissen, hatte sie bereits damit aufgehört.

Ich denke viel an Jessica, vielleicht liegt das am Wetter. Und auch wenn es weh tut, ist es besser, als über den Todesstern nachzudenken.

Jessica war meine erste feste Freundin. Und sie wird wohl die einzige bleiben. Wer will schon mit einem Mörder etwas zu tun haben? Wenn ich bedenke, wie glücklich ich darüber war, daß sie mit mir zusammensein wollte, begreife ich eigentlich nicht, wie es mit uns soweit kommen konnte, aber es gab auch nichts, was ich hätte dagegen tun können.

Kurz vor dem Herbst begann mein Frühling, mein Frühling mit Jessica. Ich stand am Fenster meiner neuen Wohnung im Zentrum und sah auf das Treiben der Stadt hinunter. Ich sah die Leute, wie sie hin und her liefen. Sie schienen genau zu wissen, wo sie hinwollten und ich freute mich darauf, auch bald dazuzugehören. Ich dachte ernsthaft zu wissen, was vor mir liegt. In meinem Hirn gab es noch kein Hil, und über das Sterben wußte ich nur, daß man sich auch dafür entscheiden kann. Die Sonne verschwand hinter den Häusern. Es roch nach gebrannten Mandeln. Vom Friedrichplatz her waren Lautsprecherdurchsagen und Sirenenheulen des Jahrmarktsbetriebs dort zu hören. Es war Ende August, und der laue Spätsommernachmittag machte mich irgendwie zufrieden. Ich hatte die Fenster geöffnet, und meine Lieblingsfilmmusik spielte. Das Leben unten auf der Straße sah aus wie ein Filmanfang, in dem gleich der Hauptdarsteller auftaucht.

Vor dem Haus gegenüber hielt ein Kleintransporter. Er war bunt bemalt, und der Motor röhrte, als wollte er jeden Moment krepieren. Ich sah eine Frau herausspringen. Sie trug ein wallendes Batikkleid, und ihre merkwürdig heftigen Bewegungen paßten irgendwie nicht zu diesem Friede-Outfit. Dann setzte ein enormes Hupen ein. Die Frau stieg wieder in den Wagen, und er setzte sich erneut in Bewegung. Der Fahrer fuhr ein Stück vorwärts, stoppte, fuhr wieder an, hielt ein weiteres Mal und setzte schließlich zügig zurück. Diesmal stiegen zwei Leute aus. Fahrer und Beifahrerin ruderten mit den Armen wie zwei in einem Boot, die in entgegengesetzte Richtungen wollten. Dabei redeten sie ununterbrochen aufeinander ein. Die Frau hatte keine Schuhe an, und ich fragte mich, wie jemand auf die Idee kommen konnte, einen Umzug barfuß anzufangen.

Nachdem die beiden so eine Weile nicht von der Stelle gekommen waren, fingen sie plötzlich an, in wildem Tempo die Gegenstände aus dem Transporter zu laden. Sie stellten sie einfach auf den Bürgersteig. Dann fuhr der Fahrer davon, ohne noch einmal mit der Frau zu reden. Ich war gespannt, was sie tun würde. Die kleineren Sachen schon einmal hineintragen wäre vernünftig gewesen, sie aber setzte sich einfach in einen Schaukelstuhl inmitten ihres Zeugs.

Ich rannte die Treppen hinunter, als ginge es um mein Leben. Keine Ahnung warum; normalerweise ist es nicht meine Art, einfach fremde

Leute anzuquatschen. Ich bin sonst eher schüchtern und zurückhaltend und will keinem zur Last fallen, aber manchmal gibt es wohl Momente, in denen nicht alles wie sonst ist, Momente der Wahrheit, in denen man nicht anders kann, als ehrlich zu sein. In der Liebe und im Angesicht des Todes ist man wohl irgendwie in der Lage anders als üblich zu handeln.

Als ich aus dem kühlen Hausflur nach draußen in den warmen Abend trat, fühlte ich mich wie ein verdammter Cowboy, der den Saloon in Richtung unbekannte Gefahren verläßt. Am Himmel war eine einzige Wolke, und ich schwöre, sie sah aus wie Fuchur der Glücksdrache. Ich wischte mir den Schweiß von der Stirn und versuchte ruhig zu atmen. Dann überquerte ich die Straße. Ich muß wie ein Trottel ausgesehen haben in meinen Boxershorts mit Mickey-Mouse-Aufdruck und den Bärentatzenhausschuhen, die mir meine Schwester zum Einzug geschenkt hatte. Ein paar türkische Jungs lachten und pfiffen mir hinterher, aber das war mir in diesem Moment egal. Auch das Auto, das meinetwegen scharf bremsen mußte, bemerkte ich kaum.

Der Zigarettenautomat lag auf der anderen Seite, direkt neben dem Hauseingang, vor dem die Frau saß. Während ich versuchte das Geld einzuwerfen, sah ich vorsichtig zu ihr hinüber. Sie war immer noch da und schien auf irgendetwas zu warten. Von oben hatte es ausgesehen, als ob sie weinte.

Die Münzen fielen immer wieder durch oder daneben. Mir kam es vor, als hätte ich eine Ewigkeit Zigaretten gezogen, aber schließlich gab mein Portemonnaie kein Silbergeld mehr her. Am Friedrichsplatz jaulte eine Sirene. Ich versuchte zu schlucken. Mein Mund fühlte sich an, als hätte ich den Wüstenplaneten zu Fuß durchquert.

Als ich näherkam, konnte ich keine Tränen in ihrem Gesicht entdecken. Sie hatte langes braunes Haar und war nicht so mager und verhungert wie die meisten Mädchen, die ich kannte. Niemand schien sich um sie zu kümmern. Die Leute liefen einfach weiter, als säße dort nicht jemand inmitten all seiner Habe auf dem Bürgersteig herum. Nur ein kleiner Junge mit einer Zuckerwatte drehte sich immer wieder nach ihr um.

Sie hatte ihre Augen geschlossen. Ich räusperte mich und sagte: „Ich will ja nicht aufdringlich sein, aber kann ich irgendwie helfen?"

Keine Ahnung, womit ich gerechnet hatte, vielleicht, daß sie mich angiftete, ich solle mich um meinen eigenen Kram kümmern. Sie aber öffnete die Augen und sah mich einfach nur an. Und da wurde meine Welt grün. Diese Frau hatte die schönsten Augen der Welt und auch wenn sie nicht lächelte, war es doch, als sei ich plötzlich in ein Strahlen getaucht.

Sie sah auf die fünf Packungen Zigaretten in meiner Hand und mir fiel auf, daß ich ziemlich dämlich aussehen mußte. Ich sagte: „Du hast keine Schuhe an!"

Mir fiel nichts Besseres ein, und ich hätte mich im selben Moment ohrfeigen mögen.

„Dafür reichen Deine für drei!"

Die Stimme zu diesen Worten war so tief, als kämen sie direkt aus dem Bauch. Sie schmunzelte, und ihre Augen glitzerten. Mein Herz fuhr Karrusell, vom Friedrich kam die passende Akkustik.

Ich half ihr dann, ihre Sachen in ihre neue Wohnung zu schleppen. Wir redeten und lachten viel. Sie sagte, sie heiße Jessica und würde demnächst mit dem Studium beginnen. Einmal tauchte der Fahrer des Transporters noch auf, aber sie schickte ihn sofort wieder weg. Zu mir meinte sie später, als ich uns Bier und Zuckerwatte geholt hatte, sie habe ihren Platz im Leben noch nicht gefunden, aber eines wisse sie genau, Mirco gehöre nicht mehr dazu. Wir saßen zwischen Kisten und Kartons und hatten es uns auf blauen Müllsäcken, in denen ihre Klamotten waren bequem gemacht. Eine Kerze flackerte. Mirco war der Fahrer und ihr Freund gewesen.

„Mitten im Umzug ist ein schlechter Zeitpunkt, um sich zu trennen!"

Ich wollte witzig sein, aber sie blieb ernst: „Dafür gibt es nur schlechte Zeitpunkte!"

Ihrer Ernsthaftigkeit und Klugheit beeindruckten mich mächtig. Sie war jünger, und doch schien sie mehr über vieles zu wissen als ich.

Sie erzählte mir dann, daß sie versuche, ihrer Familie zu entkommen. Ich sprach von meiner neuen Wohnung und meiner Mutter. Ich redete, als ginge es um mein Leben und vielleicht ging es auch wirklich darum, denn ich hatte Angst, sie könnte genauso plötzlich wieder verschwinden, wie sie aufgetaucht war. Ich wollte nicht, daß der Abend jemals zu Ende ging.

Als sie über meine Mutter sagte: „Eine beeindruckende Frau!" da vertraute ich dieser Unbekannten das Geheimnis meiner Entstehung an.

Jessica meinte: „Du mußt wahnsinnig stolz auf deine Mutter sein!" und ich war verblüfft, weil mir das ganze bisher eher unangenehm gewesen war. Ich glaube in diesem Moment begann ich mir zu wünschen, mit ihr für immer zusammenzusein. Ich war vorher noch nie verliebt gewesen, deshalb merkte ich es nicht gleich. Etwas in mir wandte sich ihr zu. Die Mädchen mit denen ich bisher zu tun gehabt hatte, hatten sich nicht wirklich für mich interessiert. Aber Jessica war so ganz anders, sie war interessiert und erreichbar - sie kannte ja am Anfang nur mich - und ich dachte, es wäre Liebe.

Als ich schließlich doch ging, weil sie vorschlug, wir sollten uns von Fenster zu Fenster Gute Nacht winken, schenkte sie mir den Schaukelstuhl als Dankeschön für meine Hilfe. Ich malte ihn noch am nächsten Tag grün an. Grün mit einer weißen Glücksdrachenwolke.

Wir besuchten uns dann eine Weile gegenseitig, und als ich sie das erste Mal im Arm hielt und sie mich nicht gleich wegstieß, dachte ich, ich hätte meinen Platz im Leben gefunden.

Daß das ein Irrtum war, stellt sich erst jetzt im Nachdenken darüber heraus. Man kann die Dinge ja immer erst später wirklich beurteilen, das begreife ich so langsam.

Damals von meinem Fenster aus hatte sie so verloren inmitten ihrer Sachen da am Straßenrand ausgesehen. Später war ich es, der verloren im Schaukelstuhl in der Wohnung saß und versuchte, dem Hil zu entkommen.

Wir hatten davon gesprochen zusammenzuziehen, aber ihren nächsten Umzug machte Jessica mit einem Haufen Leuten. Sie zog in eine WG, und ich wurde zum Besucher in ihrem Leben. Warum sie nicht längst Schluß gemacht hat, kapiere ich nicht, es scheint, als hätte sie auf etwas gewartet, vielleicht auf den schlechtesten Moment.

Zuerst wollte Jessica, daß ich auch mit in die WG ziehe, aber ich konnte nicht, und sie verstand nicht, warum das für mich unmöglich war.

Es heißt ja, man lernt in Beziehungen. In den ersten Monaten mit Jessica habe ich gelernt, was mir bisher immer gefehlt hatte, und wie schön es zu zweit sein kann. Später lernte ich dann, daß man in der Hoffnung, daß es wieder so wird wie am Anfang, ziemlich lange in verschiedenen Richtungen weitermachen kann, ohne verstehen zu wollen, was man sich gegenseitig antut. Später waren wir auch zwei in einem Boot, nur daß sie in ihre Richtung ruderte und ich mit dem Rücken zu ihr saß und dorthin schaute, wo ich hinwollte, traurig darüber, daß wir uns immer weiter von meiner Insel entfernten.

Ich war in den letzten Monaten unserer Beziehung nicht oft bei ihr. Ihre Mitbewohner und dann auch sie redeten so seltsam.

Wenn ich von meiner Arbeit erzählte, gab es da immer einen Augenblick des Schweigens. In die Stille hinein, die weniger lang als tief war, sagte immer jemand - Jessica oder einer der anderen – so etwas wie „Warum machst du denn da mit?" Dieser Satz ärgerte und verwirrte mich, weil er so selbstverständlich danach klang, als hätte jeder die Wahl. Außerdem bedeutete er eigentlich: „Such Dir doch 'n cooleren Job! Einen, bei dem man nächtelang Party machen kann und niemandem Rechenschaft schuldig ist. Ich wußte nie, was ich darauf sagen sollte, also zuckte ich nur die Schultern. Ich fühlte mich, als hätte ich keine Wahl: ich hatte da schon die Hände von Sterbenden gehalten und in unzähligen Stunden das „Hil! Hil! Hil!" einer Alten gehört, der nie jemand helfen würde, das „Hil! Hil! Hil!" einer Frau, der man untersagt hatte, Hilfe zu rufen. So etwas vergißt man nicht so einfach, mit dem ewigen Hil im Schädel konnte ich nicht einfach gehen, da verändert sich etwas in dir, da kann man nicht einfach so Party machen, höchstens um für einen kleinen Moment zu entkommen.

„Hil! Hil! Hil!" Ich wußte schon bald nicht mehr, ob das ein Echo vom Todesstern in meinem Schädel war oder eigene Gedanken.

Erlebte Qualen ändern einfach alles, egal welche Rolle man dabei spielt.

Heute Nacht bin ich der einzige, der wachliegt, so fühlt es sich an, so einsam. Dabei ist das Gebäude proppevoll. Alle Zellen sind überbelegt. Nur die Räume hier auf dem Gang stehen leer. Der Flügel soll saniert werden. Sie wollen Klos und Waschbecken einbauen.

Am Tag sind da manchmal Stimmen, so ein Gegröhle, das sind die Gefangenen gegenüber, die machen ab und zu Lärm. Es hört sich wie bei einem Eingeborenenstamm an. So Geröhre und Gestampfe. Es läuft immer folgendermaßen: Erst fängt einer an, dann der nächste, und dann sind auf einmal ganz viele dabei. Beim ersten Mal hatte ich richtig Panik, was jetzt denn los sei, aber mittlerweile habe ich mich auch daran gewöhnt. Überhaupt finde ich ja, man gewöhnt sich an alles, aber Krissie sagt, das sei genau der Punkt, das dürfe man nicht. Dann sitze man nämlich irgendwann mitten in der Scheiße und finde sie nur warm und weich, während man langsam daran erstickt.

Viele Unschuldige sind vor mir in dieser Zelle gewesen, viele Schuldige werden nie hier hereinkommen. Oft, wenn ich durch die Gänge gebracht werde, stell' ich mir vor, der Held in einem Film zu sein, bei all den Kameras hier ist das nicht schwer. Aber dann bin ich wieder in der Zelle und erinnere mich, und da bin ich kein Held mehr, da ist dann nur noch Schuld.

Wir waren für alle körperlichen Bedürfnisse der Bewohner, Hygiene und einen funktionierenden Ablauf im Heim zuständig, seelische Bedürfnisse und die Persönlichkeit der alten Menschen waren dabei eher ein Störfaktor. Um das auszuhalten, mußte man sein Gewissen einmauern, mußte es einsperren hinter dicke Gefängnismauern. Jedes „jetzt nicht", jedes „gleich", jedes scharfe Wort war ein Stein.

Früher oder später waren die meisten überfordert, unwillig und abgestumpft. Sogar Kristina war nicht dagegen gefeit.

Krissie besucht mich hier, und ich weiß nicht, was ich davon halten soll. Ihre Stimme klingt neuerdings so seltsam. Ich finde, sie hört sich fast an, als wäre sie es gewesen, die nicht hingesehen hat, die nicht aufgehorcht hat, die nichts gesagt hat. Dabei war sie doch eine der wenigen, die überhaupt einmal Nein sagte und es auch meinte. Ich habe sie bewundert, vom ersten Tag an. Sie kam mir vor wie eine Kriegerin auf der Suche nach einem Kampf. Sie war so anders als alles, was ich kannte, wie Tank Girl, eben ein Mensch, der sich nicht einfach alles gefallen läßt.

An unserem ersten gemeinsamen Arbeitstag hat sie sich während der Übergabe geweigert, Mulischka zu baden, weil die dabei immer so weinte und schrie. Maike und Urth diskutierten mit Kristina, aber ließen sie schließlich in Ruhe. Ich war mächtig beeindruckt, und als Maike später anordnete, ich solle zukünftig immer Frau Mulke baden, habe ich es gerne getan und nicht so einen Horror davor gehabt wie vorher. Von dem Moment an wünschte ich mir heimlich, mit Krissie befreundet zu sein. Als es dann so kam, konnte ich es kaum fassen. Irgendwie ließ sich der ganze Todesstern mit jemanden wie Krissie an der Seite leichter ertragen. Man fühlte sich weniger einsam.

In Lebensruh saßen die Alten ihre Zeit ab und dösten. Sie ließen ihre Pusteblumenköpfe hängen und schliefen. Da saßen sie dann und warteten, diese versteinerten Menschenwesen mit ihren traurigen erloschenen Augen, warteten auf die Mahlzeiten und den Abend, warteten darauf, daß wir sie wieder ins Bett steckten. Zuerst fand ich das alles ziemlich schlimm, aber irgendwann hörst du auf, darüber nachzudenken. Man kann sich an vieles gewöhnen. Sogar daran, brutal zu werden. Den Verwandten, die sich beschwerten, mußten wir sagen, daß aus irgendwelchen medizinischen Gründen so und nur so die richtige Form der Pflege und Mobilisation aussähe. Vom Personalmangel und einigen wüsten Zuständen im Heim erfahren die meisten, glaube ich, erst jetzt durch die Presse.

Krissie sagt, es sei ziemlich viel los da draußen, aber mir ist nicht wirklich klar, was sie eigentlich genau meint. Wir reden im Moment nicht so viel miteinander. Das heißt, eigentlich redet sie schon 'ne Menge, nur ich weiß nichts zu erwidern. Und eigentlich wundert es mich ziemlich, daß sie noch 'was mit mir zu tun haben will - ich mein', diese Sache ist schließlich keine Kleinigkeit - aber ich zeige es nicht.

Der Todesstern war ein Pflegeheim. Wir hatten dort Läufer, Roller und Metten. Die Läufer waren die, die noch selber gehen konnten, entweder als Dreibein mit Stock oder als Zweirad mit Gehwagen. Die Roller saßen im Rollstuhl, und Metten, so nannten wir die Bettlägerigen, die, die halb Mensch halb Bett waren.

Die Uhren der Alten tickten sehr langsam, wie alte Standuhren, bei denen man weiß, es kann nicht mehr lange dauern: gleich werden sie stehenbleiben. Mein Vater besaß so eine in seinem Arbeitszimmer. Er war Uhrmacher. Auch wenn er wegen seiner politischen Einstellung selten Arbeit hatte, waren Uhren doch seine Leidenschaft. Unser ganzes Haus wimmelte von ihnen. Es gab sie in allen möglichen Größen. Aber sein Lieblingsstück war die alte Standuhr. Sie erinnerte ihn an ein Kriegserlebnis. Er nannte sie seinen Wächter. Von ihr sprach er mit so einer zärtlichen Stimme, wie er sie sonst kaum hatte. Mein Vater war kein Mensch, der Gefühle zeigte. Sie stand als einzige in seinem Arbeitszimmer, in dem er las und schrieb und sonst nichts, was Geräusche machte, duldete. Als Kind bildete ich mir ein, sie würde irgendwann zu sprechen anfangen und mir ihr Geheimnis preisgeben. Ich brachte enorme Geduld auf, vor ihr zu sitzen und dem Ticken zu lauschen. Er hielt seinen Mittagsschlaf, und ich schlich hinein und bewachte die Uhr. Mein Vater brauchte viel Ruhe. Er war, so lange ich ihn kenne, ein kränklicher Mann. Sein Atem und das Ticken der Uhr waren die einzigen Laute im Raum. Dann gab es immer einen Moment, in dem es nicht mehr gleichmäßig war, immer einen Moment, in dem eine kleine Pause entstand, eine Verzögerung, die mehr zu spüren als wirklich zu hören war. Dann setzte das Ticken plötzlich aus. Ich hielt die Luft an und spitzte die Ohren. Mein Herz blieb stehen, und ich dachte, jetzt ist es vorbei. Dann atmete er, und ich war froh über dieses Zeichen, daß die Welt doch nicht stehengeblieben war wie in irgendeinem Märchen. Als nächstes schleppte der Zeiger sich doch noch einmal weiter, und ich atmete auf. Ich kann mich an viele solche Nachmittage erinnern.

Vor dem Todesstern, als Zivi, hatte ich mich irgendwie als Zauberer gefühlt. Ich konnte machen, daß die Gesichter der Alten glücklich aussahen, wenn ich ihnen zuhörte, vorlas oder mit ihnen spazieren ging. Aber das ist lange her und nicht mehr wahr.

Am 1.9.97 verschlang mich der Todestern. Es war, als hätte das Haus einen eingeatmet und dann die Luft angehalten. Erst jetzt, fast zwei Jahre später, hat er mich wieder ausgespuckt.

An meinem ersten Tag dort war ich schockiert und dachte, man müßte sich davonweinen können. Das ist einfacher als kündigen. Und der Mensch besteht ja zum größten Teil aus Wasser. Aber stattdessen ist es so, daß du irgendwann leer bist, daß nur eine Hülle zurückbleibt, die dann keinen Mumm zum Neinsagen mehr hat. Ich habe das noch nie gekonnt.

Das Motto meiner Mutter lautete: „Sage: Ja! Ja zum Leben!“ Ich habe diesen Satz oft gehört. Er war wie die Überschrift, die sie mir geben wollte. Als Argument gegen meinen Vater. Der wollte die meisten Dinge nicht. Nicht nur politisch war er immer dagegen, sondern sonst auch. Und eigentlich denke ich, ohne meine Mutter hätte er gar nicht überleben können. Wegen seiner Arbeitslosigkeit machte sie ihm nie Vorwürfe, sie hat es ertragen und sich um alles gekümmert, und das machte ihn wohl noch ärgerlicher. Nicht daß es zwischen den beiden oft Streit gegeben hätte, nein, das nicht, aber da war immer so etwas Unausgesprochenes, so ein beidseitiger Groll.

Meine Mutter hat immer alles für meinen Vater getan. Ihr ganzes Leben drehte sich irgendwie um ihn. Nur einmal nicht, einmal war sie egoistisch, und das hängt mit mir zusammen. Einmal war sie ihrer Fürsorge für ihn untreu: sie hat dafür gesorgt, daß sie schwanger wurde. Etwas Genaues weiß ich nicht, das Thema war mir immer unangenehm. Er war ihr, soweit mir bekannt ist, wegen des Seitensprungs nie böse, und auch mich hat er nie komisch behandelt.

Als Kind nannte mein Vater mich Muttis Klon. Ich konnte früher das Wort Clown nicht aussprechen und dachte, er ahmte meine Aussprache nach. Ich habe immer versucht, meine Eltern zum Lachen zu bringen, sie sahen oft so bedrückt aus, beide, auch wenn meine Mutter es nie so zeigte wie er, der irgendwie immer an der Welt zu leiden schien. Erst später begriff ich, daß er auf meine Ähnlichkeit mit ihr angespielt hatte. Ich sehe meiner Mutter ziemlich ähnlich, und wenn es anders gewesen wäre, wäre er vielleicht nicht so gut damit fertig geworden.

Mein Leben steht still, aber da draußen geht alles weiter wie gehabt.

Im Heim haben sie jetzt neue Badewannen. Solche mit Temperaturangaben. Ich frage mich, ob Frau Köscher und Frau Hein jetzt nicht mehr motzen? Der einen war das Wasser immer zu eisig, der anderen zu heiß. Wahrscheinlich werden sich die beiden jetzt etwas Neues zum Schimpfen suchen, schließlich ist Zank deren einzige Ablenkung vom Sterben.

In Lebensruh habe ich gelernt, daß Selbstmitleid warm ist und Verzweiflung kalt. Das ist es vielleicht, was man mit „Wechselbad der Gefühle" meint.

Seitdem ich im Knast bin, denke ich ziemlich viel nach. Mehr als früher, da war mein Kopf oft richtig leer, aber manchmal gelingt es mir hier auch, einfach nur dazuliegen und gar nichts zu denken, besonders wenn es so ruhig ist wie jetzt. Man braucht ja die Stille, um sich selber zu hören. Am Anfang fand ich die Ruhe und das Alleinsein irgendwie seltsam. Und da war diese Stimme, die immer lauter wurde. Es dauerte eine Weile, bis ich merkte, daß es meine eigenen Gedanken waren.

Auf dem Todesstern war es nie still, irgend jemand schrie immer. Entweder wir oder die Bewohner. Unsere Sprache war immer einen halben Ton zu laut, genau wie hier bei den Wärtern, obwohl wir Knastologen nicht schwerhörig sind. Man sprach laut und viel in

Lebensruh. Jedenfalls den Alten gegenüber. Leute wie Urth und Maike blieben so, aber meine Stimme nutzte sich ab, wurde privat immer leiser. Eigentlich hatte ich mal eine kräftige Stimme, vor dem Heim, Jessica sagte früher immer: „Teddy, du brauchst gar nicht zu klingeln, stell dich einfach unten vor die Tür und sag, du seist da, das hört man durchs ganze Haus, bis in den obersten Stock!" Irgendwie ist es dann passiert, keine Ahnung wie, aber das Heim machte mich stumm und unscheinbar. Manchmal fühlte ich mich fast durchsichtig, von Tag zu Tag mehr, manchmal, wenn ich Urth etwas fragte und sie einfach keine Antwort gab, dachte ich, jetzt ist es tatsächlich geschehen. Wenn die mir plötzlich nicht mehr zuzuhören begannen, dann kam ich mir vor wie ein Fernseher, der einfach leise gestellt wird, und ich hatte das Gefühl, hinter Glas zu sitzen und schreien zu müssen, damit mich überhaupt einer hört. Aber stattdessen quatschten die dann immer von was anderem, besonders Urth, die konnte es sowieso nie lange ertragen, wenn jemand anderes als sie redete, und dann hörte ich auf zu sprechen, mitten im Satz und niemand merkte das. Krissie meinte einmal, das Geplänkel in der Teeküche sei wie Tennis: schnelle, harte Ballwechsel, immer von denselben zementierten Positionen aus, da könnte man nicht wirklich über etwas reden, sonst wird man abgeschossen und ist raus!

In Lebensruh rissen wir die Leute morgens früh aus den Betten, knipsten das Licht an und taten, als wären wir fröhlich. Ehe die richtig wußten, was passiert, hatten die schon den Waschlappen im Gesicht, wurden von oben bis unten naß gemacht, abgetrocknet, in ihre Sachen gesteckt und dann irgendwo für den Rest des Vormittags geparkt. Jedenfalls die Roller, die, die im Rollstuhl saßen. Die Läufer, wie Frau Reinemaker, machten ja das meiste selber, aber von denen hatten wir auf der Zwei kaum welche.

Wilde Hatz nannten wir die Waschrunde morgens. Es war Hochleistungssport, ein Rennen, bei dem es nichts zu gewinnen, kein Ankommen gab. Unsere Uhren tickten wie Stoppuhren, immer zu schnell.

Ich hatte keine Zeit, keine Zeit. Mein Jetzt war das Sterben, Sterben. Wer keine Gegenwart hat, hat keine Zukunft, keine Zukunft. Wer keine Zukunft hat, der ist tot, - . Das ist der Satz, den ich an die Wand schreiben würde, aber es macht keinen Sinn, ich werde nicht mehr lange hier sein.

Torpedozellen heißen die U-Haftzellen. Sie sind wie große Särge. Aber zum Verrücktwerden reicht es nicht, dazu habe ich zu viele Vergünstigungen, Sonderbehandlung und zu viel Besuch. Mindestens einmal in der Woche kommt jemand.

Das Fenster ist wie ein Fernseher in der Wand. Also hat sich eigentlich nicht viel für mich geändert, nur das Programm ist ein wenig langweilig. Es wird immer Himmel gezeigt, manchmal in grau, manchmal schwarz, wie jetzt, aber meistens blau. Manchmal mit Wolken, manchmal ohne. Manchmal mit Vögeln oder einem Flugzeug. Das ist dann der Höhepunkt des Tages.

Es fällt mir nicht schwer, die Zeit totzuschlagen. Es ist ungefähr so, als wenn all die Zeit, die ich in der Hetze des letzten Jahres verloren habe, mich jetzt einholt. So, als wenn man nach einem langen, sehr langen Sprint nur so daliegt, um wieder zu Atem zu kommen. Ich glaube, irgendwie bin ich trotz des ganzen Mists froh, nicht mehr jeden Morgen, mitten in der Nacht, hochschrecken und im Heim antanzen zu müssen.

Schlafen, nur schlafen. Dann kommt der Alltag dazwischen einem wie ein Traum vor, ein schlechter, aber immerhin nicht wirklich. Genauso muß es sich auch für die Bewohner anfühlen, die den Regeln des Todessterns so total ausgeliefert sind.

Ich schlafe viel. Man kann ja hier im Grunde auch nicht viel anderes machen, und irgendwie ist es, als steckte mir soviel Müdigkeit in den Knochen, daß ich die restlichen Jahre, die ich wohl kriegen werde, hier drinnen nur schlafen könnte. Tagsüber schlafe ich gut, aber abends einzuschlafen fällt mir schwer. Krissie sagt, meine Müdigkeit kommt von der Erschöpfung, und vielleicht hat sie recht. Was sie meint, ist wohl, daß wir ja tatsächlich immer alles im Blick haben mußten: Ohren für alle, zehn Hände und arbeiten für Drei. Jedenfalls im Normalfall, solange keiner krank war. Und da kommt dann wohl einiges an Müdigkeit zusammen.

Zu Beginn der Haft dachte ich, ich ruhe mich aus und warte darauf, was man von mir will. Ein bißchen so, wie die Alten den ganzen Tag warten. Ich glaube, das einzige, was ich zuerst wirklich vermißte, war das Fernsehen, aber auch dafür habe ich ja mittlerweile Ersatz: Ich denke mir einfach Geschichten aus. Dabei komme ich mir selbst ein bißchen vor wie Frau Amann, die liegt auch den ganzen Tag immer im Bett und starrt auf das Fenster. Einmal wollte ich sie überreden, sich in den Tagesraum fahren zu lassen, aber da wurde sie richtig sauer. Sie sagte: „Was soll ich da draußen bei den Verblödeten? Hier hab' ich es viel schöner! Hier kann ich denken!"

Es ist ein bißchen schade, daß das Fenster so weit oben ist, zu weit, um richtig raussehen zu können. Ich habe ja schon früher gerne durch die Scheiben hinausgeguckt, aber obwohl ich wirklich groß bin, also fast zwei Meter, kann ich hier immer nur mit in den Nacken gelegtem Kopf ein Stück Himmel sehen. Keine Bäume. Kein Stück von dem Gebäudekomplex gegenüber, wo die Verurteilten sind. Und auch nichts von der Stadt. Nur immer dieses Stück Himmel, das nur manchmal seine Farbe wechselt, ansonsten aber immer gleich ist.

Müller sagt, die Fenster seien extra so hoch angelegt worden. Der Bau stammt noch aus dem vorherigen Jahrhundert.

Müller sieht aus wie eine ältere Version von Ziemke. Allerdings mit Grau in dem schwarzen Vollbart und mehr Falten im Gesicht. Aber die gleiche Figur, klein und untersetzt, schwarze glatte Haare und so einen Pißpotthaarschnitt und Goldrandbrille. Die kleinen Äuglein dahinter blinzeln auch bei meinem Wärter immer so kurzsichtig, daß man das Gefühl hat, einem Maulwurf gegenüberzustehen.

Am liebsten beschäftige ich mich mit dem Erinnerungsspiel. Ich nehme mir dann immer etwas vor, zum Beispiel meine Wohnung, und fange an, mich an alle Gegenstände dort zu erinnern. Das ist Klasse. Und nie langweilig oder zu Ende. Wenn ich jetzt damit anfange, dauert es immer etwas länger. Aus den Einzelheiten ergeben sich immer mehr Einzelheiten, und ich finde es erstaunlich, wieviel man im Kopf gespeichert hat, ohne das vorher gewußt zu haben.

Es ist meine erste eigene Wohnung gewesen. Ich habe alles, die Möbel und die gesamte Einrichtung, selber bezahlt. Es war nichts Besonderes, aber irgendwie war ich trotzdem mächtig stolz auf mein kleines Reich.

Meine Mutter hatte mir eines Tages eröffnet, daß sie das Haus und alles verkaufen wolle, und es war lustig in den Wochen danach, mit ihr gemeinsam die Zeitung durchzublättern auf der Suche nach Wohnungen. Nach dem Tod meines Vaters hat sich erst lange nichts verändert, aber dann, nachdem die Zwillinge ausgezogen waren, ging plötzlich alles ziemlich schnell. Sie witzelte manchmal darüber, daß sie mit fast Sechzig das erste Mal eine eigene Wohnung nach ihren Vorstellungen haben würde. Und irgendwie freute ich mich für sie, weil ich verstanden hatte, wie sie es meinte, auch wenn es mich eigentlich traurig machte.

Ich fing in Lebensruh an, lernte Jessica kennen, richtete mir meine Wohnung ein und dachte, jetzt würde mein Leben richtig losgehen, aber dann kam alles anders.

Auf dem Todesstern habe ich oft gedacht, es müsste schön sein, sein Leben einfach vergessen zu können. So wie Mulischka, deren Gedächtnis sich Masche für Masche einfach auflöst.

Krissie erklärte es mir einmal so: Bei Alzheimer hat der Mensch keine Orientierung mehr, er lebt immer genau jetzt und weiß nicht, wo er herkommt und wohin er geht. Er lebt irgendwie immer auf einer Straße, mitten im dicksten Nebel, und jeder Schritt ist voller Ungewißheit. Ich glaube, trotz all des Zeugs, mit dem mein Kopf voll ist, weiß ich ein bißchen, wie das ist. Ich bin auch selten da, wo mein Körper sich gerade befindet. „Mit den Gedanken nie bei der Sache!" hat Maike sich oft darüber beschwert. Ich mußte ihr heimlich recht geben, ohne eine Ahnung, was ich hätte ändern können, es passierte einfach immer wieder.

Natürlich weiß ich, daß ich im Knast bin, aber eigentlich ist es die meiste Zeit eher so, als wäre ich auf mein Zimmer geschickt worden, um darüber nachzudenken, was ich getan habe und wer ich bin. Dabei habe ich auf beide Fragen keine wirkliche Antwort. Vielleicht kommt das noch, wer weiß? Meine Mutter behauptete immer, ich wäre ein guter Junge. Und etwas anderes als gut wollte ich nie sein.

Als ich in Lebensruh anfing, sagte sie: „Das ist gut, Matthias, anderen helfen ist sinnvoll!" Das dachte ich zuerst auch, aber dann war es so, daß ich niemandem helfen konnte, nicht einmal mir selber. Es war einfach nie zu schaffen. Selbst für das Notwendigste reichte es nie. Ich mein', ich glaubte, dort sei ich richtig, dort herrsche Not am Mann, aber dann kam ich selbst in Bedrängnis und sollte plötzlich für die Not mitverantwortlich sein.

Müller sagte, mir ginge es hier ganz gut. Ich würde mich benehmen, als wäre ich schon immer Gefangener. Irgendwie meinte er das als Kompliment, aber darauf kam ich erst später. Zuerst dachte ich, er wollte etwas darüber hören, daß ich mir der Strafe sehr wohl bewußt sei. Also so Zeug, was ich alles vermisse und so. Ich wollte auch etwas dazu sagen (das mit dem Rauchen war nämlich schon ziemlich schwer), aber mir fielen wie so oft nicht die richtigen Worte ein. Manchmal ist mein Denken wie der Gang zu dieser Zelle: voller verschlossener Türen. Und später war ich sogar froh darüber, nichts gesagt zu haben, denn, wenn Müller es als Lob gemeint hätte, dann hätte ich ihn ja wohl vor den Kopf gestoßen.

Dieses verdammte Nasenbluten hat endlich aufgehört! Ich glaube, es lag an der Fußbodenheizung, die macht 'ne ziemlich trockene Luft, und man konnte sie nie abstellen.

Mir war früher, draußen, immer zu heiß, aber neuerdings ist es aus damit. Hier friere ich tagsüber trotz der Hitze. Vielleicht liegt das aber auch daran, daß ich zu wenig Bewegung habe.

Das Essen hier drinnen ist mies, aber das bedeutet, daß ich wenigstens ein bißchen abnehme. Ich verliere alle meine Rettungsringe um die Hüften. Krissie sagt, ich bin zu gutmütig und sanft, Jessica nannte mich zuletzt plump und träge. Da rief sie mich auch nicht mehr Bärchen oder Teddy. Plötzlich war ich ihr zu behaart und fett.

Jessica wird von den Zeitungsfritzen übrigens auch gejagt. Es stand da: Freundin weg, Job in Gefahr, da drückte er zu! Und ein Zitat von ihr, wo sie angeblich gesagt haben soll, sie hätte einen Tag vorher Schluß gemacht. Dabei ist das gar nicht wahr. Wir hatten uns am Telefon geeinigt, noch einmal über alles in Ruhe zu reden.

Niemand sonst hat diesen Artikel erwähnt. Ich glaube, die wollten alle nicht, daß ich davon etwas erfahre. Aber schließlich habe ich ihn dann doch gelesen. Müller versorgt mich mit fast allem, was ich haben will. Neulich habe ich ihn um einen neuen Stuhl gebeten, und er sagte, er kümmert sich darum.

Wegen der Fußbodenheizung meint Müller, da könnte man mal sehen, wie human der Knast sei! Ich finde es witzig, wenn er solche Sachen sagt, aber er meint es ernst.

Gestern haben sie in die Zellen neben mir irgendwelche Neuen geschleift, die blieben für eine Nacht und haben geschrien und gepöbelt. Als die Tür zuschlug, hat der eine noch ziemlich lange Krach gemacht. Ich konnte seinen Haß beinah durch die Wand spüren. Und dann war er plötzlich still, eine ganze Weile lang, aber auf einmal ging es wieder los, und zwar heftiger als vorher. Es hörte sich an, als würde der Gefangene neben mir gleich mit dem Kopf gegen die Tür rennen, und ich konnte mir denken, was da los war: Nachdem er nicht mehr wütend war, mußte er sich erst mal ausruhen, aber dann kam die Angst! Und dann kannst du nicht ruhig sein, dann mußt du irgendwas machen, auch wenn es weh tut! Alles ist besser als Angst!

Bei Frau Schlegels Beerdigung wäre ich gerne dabei gewesen. Nur um zu sehen, ob sie wirklich endlich ruhig ist und nicht mehr schreit. Aber die hätten mich hier wohl kaum rausgelassen, und die Verwandtschaft wäre wohl auch ziemlich ausgeflippt. Wenn ich frei bin, irgendwann, wenn ich mich traue, dann werde ich wohl zu ihrem Grab gehen, obwohl das natürlich nicht das gleiche ist, aber vielleicht werde ich es dann endlich glauben können.

Um die anderen Alten im Heim tut es mir leid. Ich meine die, die noch klar sind. Die haben bestimmt durch die Presse mitgekriegt, was da passiert ist und sind jetzt ziemlich beunruhigt.

Ich wollte immer nur nett sein, aber im Heim war das gar nicht gefragt. Die Netten waren die, die am meisten zu leiden hatten. Nicht nur unter dem Streß, sondern auch unter Leuten wie Urth. Unter ihr besonders, aber auch unter den Bewohnern. Also damit meine ich nicht, daß die absichtlich dauernd genervt hätten, nein, das nicht, aber ich mein', es blieb ihnen ja gar nichts anderes übrig.

Neulich hatte Krissie mich plötzlich gefragt, was eigentlich in mir vorginge, und ich hatte nur die Schultern gezuckt und gesagt, mir sei alles egal. Dann sagte sie nichts mehr, saß einfach nur da, bis die Zeit um war, und selbst als sie ging, sagte sie nicht wie sonst, wann sie wiederkäme. Hinter ihr schloß sich die Tür wie in Zeitlupe. Einen Moment lang dachte ich, gleich steckt sie den Kopf noch einmal herein und sagt: „Übrigens ich komme dann und dann wieder!" Aber die Wand schloß sich endgültig, und beinahe wäre ich aufgesprungen und hätte dagegengehämmert und geschrien und getobt, aber ich blieb liegen. Ich war viel zu müde. Ich dachte, jetzt wäre ich sie los und hätte Ruhe, aber eine Woche später war sie doch wieder da und hatte dieses Schulheft dabei. Sie legte es ganz beiläufig aufs Bett und plauderte ein bißchen vor sich hin. Dann ging sie, sagte bis nächste Woche, und da wußte ich auf einmal, es hört nicht einfach so auf, alles geht weiter, immer weiter und man kann nicht einfach umschalten und einen anderen Film gucken.

Ich bin jetzt ein Krimineller. Ich wäre gerne Luke Skywalker oder Han Solo, aber stattdessen bin ich ein Mörder. Wie es dazu kam, ist mir ein Rätsel. Man rutscht in den Schlamassel rein, und dann ist es passiert.

Ich wollte immer nur nett sein, zu Sonnenschein-Mulke und zu Frau Schmidt, zu Herrn Fischer und zu Frau Bauer. Ich mein', die waren doch alle ziemlich arm dran. Nett auch zu Maike, meiner Stationsleitung, und sogar zu Urth, aber es ging nicht. Ich glaube, ich dachte, wenn ich nur nett genug bin, lassen die mich irgendwann in Ruhe, aber das war nicht so. Ich hab' Maike das auch mal gesagt. Ich hab' gesagt, man müßte hier einiges ändern, aber sie hat nur gemeint: „Na, dann streng dich mal an!" und ich glaube, hat sie gar nicht verstanden, was ich meinte.

Wenn Frau Schlegel noch lebte, würde sie immer noch „Hil" schreien, den ganzen Tag, die ganze Nacht, bis sie zu erschöpft wäre und einschliefe. Oder irgend jemand ihr Haldol verpaßte, bis ihr das Zeug aus den Augen wieder rausquellen würde.

Ich will damit nicht sagen, daß ich es getan habe, um ihr zu helfen, nein, das glaube ich eigentlich nicht. Die Wahrheit ist, daß ich mich nicht erinnern kann, sie getötet zu haben. Die Psychologin, die neuerdings kommt, sagt, das sei normal und hat mit Verdrängung zu tun.

Ich versuche mich zu erinnern, ich versuche es mir vorzustellen, wie ich es getan habe. Manchmal erinnere ich mich an das, was ich mir einen Tag vorher vorgestellt hatte. Manchmal weiß ich dann gar nicht mehr, was wirklich passiert und was nur erfunden ist, aber ich fühle mich schuldig, also bin ich es wohl. Dabei habe ich keine Ahnung, ob ich meinen größten Fehler schon begangen habe, oder ob er noch vor mir liegt. Diese Ungewißheit ist mir eigentlich egal. Ich denke nicht viel daran. Es gibt genug anderes, womit ich mich beschäftigen kann.

Müller hat mir erzählt, es dauert jetzt nicht mehr lange. Ich hätte Glück, daß sie mich vorziehen und schon bald der erste Prozeßtermin angesetzt würde. Weil die Presse so einen Wirbel macht, da will man schnell durch sein damit.

Zack drauf und aus! Ich muß es mir immer wieder sagen, damit ich weiß, was ich getan habe und es nicht verdränge.

Einen Grund, das zu tun, gab es nicht

Einen *Grund*, das zu tun, gab es nicht

Einen Grund, *das* zu tun, gab es nicht

Ich wünschte, ich könnte mehr wie Krissie sein, dann wäre das vielleicht nicht passiert. Kristina weiß sich zu wehren, und dabei ist sie trotzdem immer lieb zu den Alten.

Zack aus und drauf! Aber ich stelle es mir ganz anders vor, mehr so wie man eine Tischdecke auflegt, vorsichtig, aber ordentlich, damit man dann später vielleicht sogar ein wenig stolz sagen kann: Es ist angerichtet!

Keine Ahnung, wie ich auf solche Sachen komme, aber ich weiß, daß ich über diese Gedanken nichts sagen darf! Ich darf sagen, daß ich schuldig bin, aber nicht mehr. Die verdrehen einem ja das Wort im Mund, soviel habe ich schon mitgekriegt.

Es muß jetzt zwei Monate her sein. Vor zwei Monaten habe ich Frau Schlegel getötet, vielleicht auch vor drei, ich weiß es nicht mehr so genau.

Müller sagte, in ungefähr sechs Wochen sei meine Verhandlung, dann werde ich es vielleicht wieder genau wissen und vielleicht auch, warum das alles passiert ist.

Eine Überschrift in der Zeitung lautete: Ein Tier hat gemordet! Ich dachte an Annemarie, aber dann begriff ich, daß die mich damit meinten.

Annemarie ist 'ne kleine Mongo, zu alt für die Behindertenwerkstatt. Ich frage mich, wie es ihr jetzt wohl geht? Bei uns bissen die Alten sie überall weg. Sie heulte viel und lief mir nach wie ein Hündchen. Sie hatte so ein kleines Köpfchen, ich konnte es fast ganz in eine Hand nehmen, und wenn ich sie streichelte, über ihre paar Haare, schmiegte sie sich immer ganz eng an mich. Erdmute, die Gute, sagte immer, Annemarie sei hier völlig fehl am Platze und nur geduldet, weil sie Geld bringe und wenig Zeit koste. Nur darum würde man die Verwandten nicht endlich mal darüber aufklären, daß Annemarie dringend woanders untergebracht werden müßte. Maike brüllte mich deswegen mal ziemlich an, weil sie mitkriegte, wie ich den Angehörigen erzählte, daß die Kleine viel heult. Sie fragte, ob ich es auf eine Abmahnung anlege. Und als ich den Kopf schüttelte, weil ich nicht wußte, was ich sonst dazu sagen sollte, meinte sie, wenn sie dem Chef erzähle, daß ich denen empfehle, ihre Verwandte woanders hinzubringen, käme das gar nicht gut an.

Da draußen sind viele, die wissen, warum ich irgend etwas getan oder nicht getan habe. Aber keiner sagt es mir, und ich kann mich nicht wirklich erinnern, denn was für einen Grund kann es geben, einen Menschen zu töten? Ich glaube, im Wesentlichen keinen. Aber eigentlich, wenn ich ehrlich bin, ist es mir egal, so wie mir alles egal sein muß, auch diese Aufzeichnungen, und ob sie sie mir wegnehmen werden und darin lesen. Ich schreibe eigentlich nur, weil es hier nicht viel zu tun gibt und weil ich ausprobieren will, ob es noch geht.

Krissie hat mir dieses Heft mitgebracht bei ihrem letzten Besuch, und den Stift habe ich von Müller geborgt. „Nur geliehen!" hat er gesagt. Dabei sah er mich an, als würde er mir den Schlüssel zum Knast anvertrauen und hoffen, nein, daran zweifeln, daß ich noch da bin, wenn er wieder Dienst hat. Aber ich kann ihn verstehen, mit Kugelschreibern und Feuerzeugen ist das so eine Sache, irgendwie verschwinden die immer. Das war im Heim auch dauernd so, und Priska hat mal behauptet, es gäbe einen Ort, wo all die Feuerzeuge und Stifte landen. Sie verschwänden durch ein geheimnisvolles schwarzes Loch und tauchten dann dort am Niemandsplatz wieder auf.

Vorhin, als Müller mich so anschaute, da mußte ich denken, ob vielleicht Frau Schlegel auch dort ist, ob vielleicht irgendwas schiefgegangen und sie dort gelandet ist und jetzt auf einem riesigen Berg aus Einwegfeuerzeugen und Kulis mitten im grauen Meer des Nichts hockt und immer noch ihr „Hil! Hil! Hil! Wer kann mir helfen?" schreit.

Es hat Müller nicht gepaßt, daß ich das Ding von ihm wollte, das sah man ihm an, aber wahrscheinlich wollte er mir nichts abschlagen. Ich bin sein Liebling. Das sagt er oft. Natürlich benutzt er ein anderes Wort. Er sagt „Favorit", weil er mit mir „nie Scherereien hat".

In Lebensruh war mir Mulischka die Liebste, weil bei ihr kaum was zu tun war und sie immer gute Laune hatte. Wir nannten sie Sonnenschein-Mulke. Über ihrem Bett hing ein Sonnenaufgang in Blau und Gelb. Sie war bewohnt von einer Glückseligkeit, die hinter ihren trüben moosigen Augen wohnte. Ihr Lachen war fruchtbar und warm. Wenn sie loslegte, war es, als wollte sie sich dabei selber ins Ohr beißen. Sie hatte so silbriges Haar wie der Mond in einer klaren Nacht und reife, rote Apfelbäckchen.

Mulischka war gutartig. Das machte das Arbeiten mit ihr meistens zum Vergnügen, jedenfalls wenn genug Zeit da war, um auf sie einzugehen. Ansonsten konnte sie auch ganz schön bocken. Wenn die was nicht wollte, war nichts zu machen. Moral und Vernunft gingen sie schließlich nichts mehr an. Ich habe sie gemocht, beneidet, später gehaßt. In dieser Reihenfolge. Vielleicht macht mich das schon zum Monster.

Ich will kein Monster sein, ich könnte meiner Mutter nicht mehr in die Augen sehen, aber Selbstmord kommt auch nicht in Frage.

Als mein Vater bettlägerig wurde, heulte meine Mutter jeden Tag. Ich dachte damals, sie sei so traurig wegen seiner Krankheit und weil ihr die Pflege zuviel würde. Daß sie mit ihm jeden Tag um sein Leben gerungen hat, habe ich erst später begriffen.

Mein Vater war ein starker Charakter, er wußte, was er nicht wollte.

An jenem Tag rief er mich zu sich und bat mich, ihm die kleine Tabakdose aus seiner Geheimschublade zu geben. Ich dachte mir nichts dabei und tat, was er von mir verlangte. Dann fragte ich ihn, ob ich ihm noch etwas vorlesen sollte. Er sagte: „Nein, Matthias, jetzt nicht mehr, jetzt ist es gut! Jetzt ist es endlich gut!" Ich blieb noch eine Weile neben seinem Bett sitzen, still, ohne etwas zu sagen, sah aus dem Fenster und lauschte dem Wächter, wie ich es als Kind immer getan hatte. Die Atmosphäre im Zimmer war merkwürdig verschleiert, als läge ein feiner Nebel über allem. Das machte wohl die Mischung aus alten Möbeln und abgestandenen Gerüchen. Ich kam mir vor wie mitten in einem alten Ölbild gefangen, wartend, daß sich etwas belebt. Sein Atem ging ruhig und gleichmäßig. Als ich schon dachte, er schliefe, sagte er: „Geh jetzt, Junge!"

Ich zögerte, tat dann aber doch, was er wollte. Ich war es gewöhnt zu gehorchen. Dann aber stand ich lange noch vor der Tür und lauschte, ohne zu wissen, worauf ich eigentlich wartete. Ich stand dort so lange, bis meine Mutter nach Hause kam. Sie sah mich vor der Tür verharren und wußte sofort, was passiert war. Sie wußte es einfach. Ohne ein Wort stürzte sie ins Zimmer und begann auf den Mann im Bett zu schimpfen. So wütend hatte ich sie noch nie zuvor erlebt, dabei war es vollkommen sinnlos, denn ihre Wut traf nur noch eine Leiche. Ich war sprachlos. Ich hatte gedacht, sie würde weinen, aber ihr Zorn überraschte mich.

Wir sprachen später wenig darüber, aber Vorwürfe hat sie mir nicht gemacht. Sie sagte nur: „Du hast nichts falsch gemacht, Matthias, es war sein Wille, er trägt die Verantwortung!"

Seit jenem Tag sprach sie, die lebte, um es ihm recht zu machen, nie mehr anders als im Zorn von ihm.

Ich habe damals versucht, sie zu beruhigen und für sie da zu sein, wie ich es mein Leben lang getan habe, mein Leben lang, bis jetzt, jetzt geht das nicht mehr.

Was könnte passieren? Müßte ich aufstehen und brüllen? Das eben erwartet man doch von einem Monster, oder?

Als sie mich holten, war ich nicht überrascht. Angesichts meiner Schuld, die sich täglich vergrößerte, schien eine Verhaftung nur folgerichtig.

Es war schon fast Mitternacht, und ich konnte wie so oft nicht schlafen. Wenn ich an die Verhaftung denke, war es eigentlich wie im Krimi. Aber das habe ich da nicht so gemerkt, weil ich mich so furchtbar mies fühlte wegen Jessica. Das Telefongespräch mit ihr hatte mich ziemlich aufgewühlt. Ich wollte nicht, daß Schluß ist zwischen uns, aber ich wußte auch nicht, was ich hätte ändern können.

„O.k. Matts, wir reden morgen noch einmal über alles!" hatte sie gesagt, und ich hatte mir eingeredet, daß es vielleicht noch eine Chance gäbe. Als es klingelte, dachte ich zuerst, es sei Jessica, zog mir schnell 'was über und stürzte zur Tür. Da stand ich dann in voller Montur den zwei Polizisten gegenüber, die stutzten und mich baten, mitzukommen, sie hätten da ein paar Fragen. Sie dachten wohl, ich wüßte, worum es ging, denn keiner von ihnen sagte etwas Genaueres.

Begleitet von den beiden verließ ich meine Wohnung, ohne zu ahnen, daß ich in diesem Moment mein Leben, wie ich es bisher gekannt hatte, endgültig hinter mir ließ.

Sie brachten mich in die Fabrik, das Untersuchungsgefängnis. Hier wollten sie erstmal nur wissen, wie ich heiße und so.

Der Polizist, der alles aufnahm, hatte Schwierigkeiten, meinen Namen zu schreiben, also habe ich ihn buchstabiert, ganz langsam und deutlich, damit er mitkommt. Meine Stimme hörte sich dabei so seltsam an, als spräche jemand anders. Es kam mir ein bißchen vor wie bei einem Vorstellungsgespräch. Als er wissen wollte, was ich beruflich mache, wußte ich wieder nicht, was ich sagen sollte und dachte, das sei ein Test oder so. Ich meine, es war doch eine komische Frage, schließlich wäre ich wohl kaum dort gewesen, wenn ich Astronaut oder Lehrer gewesen wäre, oder?

Auf dem Schreibtisch stand eine fast schon antike Lampe, und das ganze Büro sah aus wie aus einem alten Derrickfilm. Von draußen hörte man den Verkehr, und die Jalousien waren geschlossen. Der Beamte sagte immer „Hm!", so ein bißchen wie ich in Lebensruh, wenn ich den Alten zuhören mußte. Also zum Beispiel, wenn Frau Hein wieder mal ihre Geschichte von den gestohlenen Blusen zum besten gab und ich nicht wegkonnte, weil ich gerade ihr Bett bezog, oder wenn ich Frau Köscher badete und sie die ewig gleiche Story von ihrem Sohn und ihrem gefallenen Mann herunterleierte. Er sagte es so, als wollte er eigentlich nicht zuhören oder etwas anderes sagen, ließ es aber lieber bleiben, weil es schließlich sein Job war, so ein Zeug zu hören.

Später kamen zwei andere, um ein Protokoll aufzunehmen, und ich sollte erzählen, was alles passiert war. Es war aber so viel, daß ich gar nicht wußte, was ich zuerst sagen sollte. Der eine wurde sauer, weil ich schwieg. Und dann schickte der andere ihn raus und meinte, ich bräuchte mich ohne meinen Anwalt auch nicht zu äußern. Ich antwortete, es gäbe nicht viel zu sagen. Da rief er, ich wolle also die Aussage verweigern?

Ich mußte an Frau Wagner denken, wie Urth mit ihrer Peitschenstimme knallte: „Frau Wagner, wollen Sie jetzt gleich aufstehen oder noch alleine im Zimmer im Bett liegen bleiben!" Und dieses „oder wollen Sie noch alleine im Zimmer im Bett liegenbleiben" sprach sie ganz hart, so daß man schon vorher wußte, was Elisabeth Wagner entgegnen würde. Ich dachte, vielleicht kriegt der Mann Ärger, wenn er mich nicht dazu bringt, eine Aussage zu machen, vielleicht ist seine Schicht auch längst zu Ende, und er hat keine Lust, jetzt noch groß Schwierigkeiten zu haben. Dabei sagten seine Augen etwas ganz anderes als der Ton seiner Stimme. Das ist eine Sache, die mich schon immer verrückt gemacht hat: wenn die Leute das eine reden, aber ihre Augen etwas ganz anders ausdrücken.

Ich zuckte die Schultern und fing irgendwie an, und er hämmerte so böse auf die Schreibmaschine ein, daß es mir schon fast wieder leid tat. Ich dachte, daß ich etwas falsch gemacht hatte. Aber wenn ich jetzt noch meine Meinung geändert hätte, hätte er wieder ein neues Blatt einspannen und von vorne anfangen müssen, also machte ich die Aussage.

Der Polizist fragte mich dauernd so Sachen, und ich mußte nur nikken oder den Kopf schütteln. Er schrieb das dann auf, und als ich mir alles am Ende durchlas, hörte es sich fast so wie aus den Lehrbüchern für Pflege an. Der Ablauf während des Dienstes wurde geschildert, nur daß da am Ende stand, ich wäre bei Frau Schlegel im Zimmer gewesen und könnte mich nicht mehr erinnern, was dann alles passiert sei. Mir war schon klar, wie das klingt: nach einem Irren, der alte Leute umbringt und dann so tut, als wüßte er nichts mehr davon. Obwohl es ja wahrscheinlich genauso war, ich meine, ich kann mich erinnern, daß Frau Gärtner gefallen war, daß Herr Fischer Durchfall hatte und dauernd klingelte, damit ich ihn zum Klo bringe. Ich weiß noch, daß Frau Hein Kopfschmerzen hatte, und daß ich ihr Placebos gab. Daß die Verwandtschaft von Frau Koch da war, und ich deswegen nicht in dem Zimmer weiterkam, weil ich die nicht für zwanzig Minuten rausschicken wollte, wenn sie sowieso immer nur eine halbe Stunde bleiben. Ich weiß, daß die Schmerzen im Rücken immer schlimmer wurden, daß es sich anfühlte, als würde ich mitten durchbrechen, und daß ich nicht einmal Zeit hatte, aufs Klo zu gehen oder mein durchgeschwitztes T-Shirt zu wechseln. Ich erinnere mich an Frau Zugehsen und Frau Köscher, wie sie mit ihren Krückstöcken aufeinander losgingen, an ihr Geschrei und das Klacken der Stöcke, das durch den ganzen Flur hallte. Ich weiß noch, daß Herr Dreiher, der zu Besuch da war, sich beschwerte, seine Frau sei falsch gelagert. Und ich erinnere mich auch noch daran, daß Mulischka, nach stundenlangem Sitzen, alleine, im Tagesraum, den Versuch unternommen hatte, aufzustehen. Daß sie dabei offensichtlich aus dem Gleichgewicht geraten war und, bei dem Versuch Halt zu finden, die ganze schöne Osterdekoration, die Maike aufgebaut hatte, mit sich gerissen hatte. Ich erinnere mich an meine hilflosen Bemühungen alles wieder in Ordnung zu bringen.

Und ich erinnere mich an Urths wütendes Brüllen auf dem Flur nebenan, weil Frau Schumann nicht aufhörte zu singen und Frau Wagner nicht ins Bett wollte. Ich weiß noch, daß ich dauernd etwas vergaß, daß ich von Zimmer zu Zimmer hetzte und schon um vier wußte, daß ich niemals alles bis zum Abendbrot schaffen würde, geschweige denn Zeit finden würde, jemanden zu baden. Und ich erinnere mich an das Arbeiten mit der Gewissheit, daß Maike mir für alt und für neu die Hölle heiß machen würde. Ich weiß, daß Frau Schlegel schrie, den ganzen Nachmittag, daß sie nicht aufhören wollte, und daß Herr Dreiher sich schließlich bei Urth beschwerte, weil der armen Frau nicht geholfen wurde, obwohl sie doch die ganze Zeit um Hilfe rief. Ich weiß, daß, als ich viel zu spät unten zur Übergabe kam, mich alle sauer ansahen, und daß die Medibecher noch rumstanden und mir da einfiel, daß ich Teeküche gehabt hätte. Daß dann die Klingel wieder ging und ich murmelte „Frau Schlegel" und Urth daraufhin zischte: „Meine Güte, kannst du sie nicht mal endlich zum Schweigen bringen!"

Mir war klar, sie meinte, ich solle die Klingel ziehen und antwortete: „Ja!"

Und dieses Ja war für lange Zeit das letzte Wort, das ich von mir gab, denn danach ging ich nach oben und hörte das Weinen von Frau Koch, Annemarie drückte sich im Schlafanzug in den Ecken rum, und Frau Schlegel schrie ihr „Hil! Hil! Hil!" und war schon ganz rot angelaufen vom vielen Rufen. Und dann erinnere ich mich nur noch an die Wolken, die draußen vorbeizogen, an lange nichts anderes.

Als ich wieder nach unten ging, waren alle schon weg. Johanna sagte nur noch „Es war ja nichts Besonderes bei dir, oder?"

Ich schüttelte den Kopf, wusch die Medibecher ab, zog mich um und verließ spät, sehr spät den Todestern.

Der Bus brachte mich heim, und dann schlief ich, schlief sehr lange, bis der Wecker irgendwann klingelte und ich zu dem Spätdienst mußte, der mein letzter werden sollte.

Während ich so erzählte und irgendwie alles noch einmal erlebte, fragte der Polizist mich plötzlich unvermittelt, ob ich das Kissen auf Frau Schlegels Gesicht gedrückt hätte. Er klang dabei, als fragte er mich, ob ich eine Zigarette wollte. Fast hätte ich trotzdem nein gesagt, aber dann fiel mir ein, daß ich das gar nicht genau wußte. Ich sagte, ich glaube nicht. Und darüber war er irgendwie sauer und rief: „Was heißt das?" Seine Stimme klang in diesem Augenblick fast wie die von Maike, wenn sie mit Mulischka spricht und es nicht schnell genug geht. Ich antwortete, daß ich mich daran jedenfalls nicht erinnern könne und dann fragte er, was ich in dem Zimmer alles gemacht hätte in den zehn Minuten, die ich oben war. Ich war irritiert, weil er zehn Minuten sagte, und dachte, daß ich ihm wohl kaum erzählen kann, ich hätte die Klingel gezogen und dann aus dem Fenster gesehen und die Wolken betrachtet. Das hätte wirklich irre geklungen! Also zuckte ich wieder die Schultern, und er tippte und tippte und las mir immer wieder einzelne Passagen vor. Fast hatte ich das Gefühl, er helfe mir bei meinen Hausaufgaben. Als wir durch waren, hätte ich auch fast danke gesagt, aber er guckte mich so voller Ablehnung an, wie Urth Frau Probst immer ansah, wenn die ihr Schokolade oder Bonbons schenken wollte, daß ich es doch lieber bleiben ließ.

Schließlich fragte der Beamte noch, ob Frau Schlegel schon Atemprobleme gehabt hatte, als ich ins Zimmer kam, ob ich ihr geholfen hätte und so. Ich hätte fast gelacht, weil diese Frage so komisch war. Ich meine, Frau Schlegel hat den ganzen Tag, wann immer sie wach war, geschrien. Und sie hatte Angst, Angst von der Sorte, die einem den Hals zuschnürt. Das war normal. Und es war auch normal, daß wir ihr nicht halfen. Daß wir keine Zeit hatten. Daß wir nichts für sie tun konnten, außer vielleicht, ihr Schlafmittel geben und während der Versorgung lieb mit ihr zu reden.

Als ich daran dachte, blieb mir das Lachen im Hals stecken. Ich hätte beinah geflennt vor ihm und sagte dann immer wieder: „Ich weiß es nicht, ich weiß es nicht, ich weiß es nicht!" So oft hintereinander, bis die Worte ihre Bedeutung verloren. So lange, bis das Knallen der Schreibmaschine jedes „Ich weiß es nicht" abgeschossen hatte. Wie auf dem Jahrmarkt an den Schießbuden, wo ein einigermaßen guter Schütze irgendwann auch alle Luftballons erwischt hat. Dann war ich still. Nur noch die Buchstaben donnerten auf das Papier und druckten auf die weiße, unschuldige Fläche mein Geständnis, mein Brandzeichen, das sich so falsch und zugleich richtig anhörte.

Am nächsten Tag kam der Anwalt. Ich wollte zuerst keinen Anwalt, ich meine, wozu denn? Die Polizisten hatten aber gemeint, das sei so üblich, und ich würde einen Pflichtverteidiger kriegen. Mir war das gleich, aber eigentlich ist es schon eine schöne Sache, denn wenn ich doch unschuldig wäre, wäre es doch gut, wenn mich jemand verteidigt.

Der Anwalt war klein und wirkte verstaubt und zerknittert. Er sah so alt und grau aus, fast wie Herr Krüger aus dem Heim, der zum Kaffee immer nur Tee mit Milch trank, egal ob es Pfefferminztee oder schwarzen Tee gab. Seinen Namen habe ich vergessen, aber ich weiß noch, daß er mit mir zum Untersuchungsrichter ging.

Auch der wollte dann, daß ich erst 'mal berichte, und ich legte also los, erzählte ungefähr das gleiche wie am Abend zuvor. Ich hatte ja da schon ein bißchen Übung. Ich erzählte vom Spätdienst, aber das wollte er gar nicht hören, sondern faßte alles in ein paar Sätzen zusammen, die sich wieder falsch anhörten, obwohl sie auch irgendwie stimmten. Keine Ahnung, aber er schrieb zum Beispiel: Ich, Matthias Baerke, erledigte meine täglichen Aufgaben während des Dienstes und war ein wenig spät dran, als ich zur Übergabe hinunterging. Das stimmte natürlich, aber war auch so, als wenn ein Geisterfahrer sagt: Ich fuhr die Autobahn bei starkem Gegenverkehr in nördlicher Richtung entlang, als endlich eine Raststätte kam und ich tanken konnte, bevor auch noch der Reservekanister leer war.

Ich saß dort und starrte auf das Fenster. Die Frühjahrsonne schien mir direkt ins Hirn. Es muß Ostersonntag gewesen sein, und eigentlich hätte ich Dienst gehabt. Ich hatte das Gefühl, der Richter und auch der Anwalt wollten, daß ich sage, daß ich es war. Ich glaube, das hätte sie glücklich gemacht, also nicht, daß sie mich dann irgendwie toll gefunden hätten oder so, aber sie wären netter zu mir gewesen, netter in ihrem Haß. Das jedenfalls glaubte ich ihnen anzusehen und fand es verrückt. Denn auch wenn ich ihr das Kissen nicht aufs Gesicht gelegt hatte, auch wenn sie durch falsche Lagerung oder ihr eigenes Herumgewühle im Bett schon draufgelegen hätte - ich weiß es nicht, weil ich nicht hingesehen habe, weil mich die Wolken so sehr an etwas erinnerten - also selbst dann ist es gleich, denn ich habe doch Schuld. Ich werde immer schuldig sein, auch wenn ich es irgendwann 'mal vergessen werde zu fühlen.

Dem Richter wollte ich eigentlich sagen, daß es gar nicht wichtig wäre, wie das mit dem Kissen gewesen ist, so oder so, niemand hatte es weggenommen, und deswegen war sie tot. Irgendwie verstand er mich aber falsch, und ich dachte, er solle sich lieber nicht so aufregen, weil er sowieso schon so herzkrank aussah.

Der Richter hielt mir einen wütenden Vortrag über den Wert des Lebens, daß das schon wichtig wäre, daß man aber von einem wie mir kein Verständnis dafür erwarten dürfe, und ich hatte das Gefühl, mich umdrehen zu müssen, um zu sehen, mit wem er da eigentlich sprach. Er klang wie Urth, wenn sie mich anmachte, ob ich sie kontrollieren wolle, wie Urth, wenn ich ihr sagte, daß einer von ihren Leuten geklingelt hätte und ich bei demjenigen schon gewesen bin. Es war wirklich, als hätte ich aufstehen und weggehen können, und er hätte trotzdem weitergebrüllt, mit irgend jemandem, der im Raum war, den nur ich nicht sehen konnte.

Als er damit fertig war, mich anzubrüllen, sprach er von der Würde des Alters, und es kam mir vor, als hörte ich dieses Wort in diesem Zusammenhang das erste Mal. Schon komisch, etwas daran machte mich völlig fertig. Ich wiederholte das Wort noch die ganze Nacht, immer wieder so vor mich hin, vielleicht weil es sonst nichts zu tun gab, ich nicht schlafen konnte und kein Fernseher da war, der mit mir sprach. Schließlich deklinierte ich „würde" sogar durch: ich würde, du würdest usw. und stellte allerlei Unsinn damit an. Keine Ahnung warum, aber vielleicht lag es daran, wie der Richter es ausgesprochen hatte, mit so einem komischen Ton, mit so einem Klang, wie Urth morgens die Tür aufreißt und „Guten Morgen!" sagt. Weil es dazugehört. Weil man die Worte benutzt. Guten Morgen! Auch wenn man im nächsten Moment jemanden aus dem Schlaf reißt, ihn mit grellem Licht blendet und in einen langen, sehr langen Tag voller Warten, Überdruß, Langeweile, Einsamkeit und Angst zerrt. Guten Morgen! Auch wenn man eigentlich sagt, ich hasse es, ich hasse es, hier zu sein, ich hasse es, jeden Tag dasselbe zu tun, und nicht zu wissen wofür. Guten Morgen: ich hasse mein verpfuschtes Leben, und guten Morgen: ich hasse euch, weil ihr die einzigen seid, die immer da sind, Tag für Tag, die einzigen, denen mein Haß etwas anhaben kann.

Krissie sagt, wenn die Bedingungen in einem Job einen zwingen, täglich ein bißchen mehr Selbstachtung abzugeben, dann läuft da etwas vollkommen schief, dann sind die Bedingungen für'n Arsch, dann ist man es sich und allen schuldig, etwas daran zu ändern.

Krissie sagt, sie wird sich darum kümmern, und wenn sie das sagt, dann glaub' ich es ihr, dann wird da auch 'was draus.

Ich warte und freue mich auf den täglichen Rundgang im Gefängnishof oder auf meinen Anwalt, Krissie oder die Besuchstage. Nicht etwa, weil es wirklich etwas zu freuen gäbe, aber weil es eine Abwechslung bedeutet. Es ist in etwa so, wie ich mich früher auf den Nachhauseweg und die Wochenenden gefreut habe.

Ich liege einfach nur und spiele Leiche. Das wird sich noch früh genug ändern, drüben im normalen Strafvollzug. Man kann hier nie arbeitslos sein, das bestimmt die Hausordnung. Sobald ich drüben bei den Verurteilten sein werde, bin ich zur Arbeit verpflichtet. Müller sagt, da drüben, da lerne man sich durchzubeißen.

Der Hofgang dauert 45 Minuten, wie eine Schulstunde. Man kann ziemlich viele Runden drehen in 45 Minuten, der Hof ist nicht groß. Danach hat man für den Rest des Tages genug zum Denken.

Um zum kleinen Besucherzimmer zu gelangen, in dem mein Anwalt mich erwartet, muß ich durch mehrere Gänge und über einige Treppen. Der kleine Besucherraum ist sehr hell und sehr weiß, und wir sind dort immer ohne Aufpasser. Es ist kompliziert, aber ich kenne den Weg schon ganz gut, und außerdem ist natürlich auch immer einer bei mir, so daß ich mich nicht verlaufen kann.

In den verwirrenden Gängen des Todessternes ist das dauernd passiert, besonders am Anfang. Ich wußte nie, wie ich dort hinkomme, wo ich hinwollte. Am Schlimmsten war, daß ich nie den Ausgang fand. Ich meine, du kommst sowieso nie pünktlich weg, und dann weißt du, daß dein Bus gleich kommt und du dich beeilen mußt, sonst heißt es, eine Stunde auf den nächsten warten oder viel Geld für ein Minicar ausgeben.

Meistens hab' ich mich an den Plänen für den Fluchtweg orientiert und den Notausgang genommen. Das war natürlich nicht erlaubt, aber es war eine Abkürzung zum Bus.

Ach, könnte man den glücklichen Tod eines Tieres sterben, das im Leben nichts davon weiß! Vielleicht lacht Mulischka deshalb so unermüdlich. Ich kann es nicht. Ich habe zuviel gesehen und zu wenig getan. Ich wünschte, ich könnte das alles irgendwie streichen, austilgen, ausmerzen, alles bis auf Krissie, da sie ja so beharrlich bleibt.

Als sie mich das erste Mal besuchte, war ich nicht besonders überrascht. Ich dachte, sie wird schon einen Grund haben und machte mir Sorgen, daß ich später den Faden bei dem Erinnerungsspiel nicht wiederfinden würde. Als Müller mich holte, war ich gerade dabei gewesen, alle Gegenstände in meinem Schlafzimmer aufzuzählen und war damit ganz gut vorangekommen. Es war Wochenende, Besuchstag, und man brachte mich in den großen Saal, der schon voll mit anderen war. Ich setzte mich schnell, während meine Besucherin viel Lärm machte und umständlich ihre Jacke über einen Stuhl hängte.

Als wir uns schließlich gegenüberstanden, sagte sie: „Wenn man dich mal alleine läßt ...!!"

Das alte Gefühl wollte wiederkommen, aber ich war nicht mehr der Alte.

Ich weiß nicht, wann die Veränderung begonnen hatte, doch zwischen uns lag mehr als nur eine Tischplatte.

„Hallo Bär!"

„Na!"

Stumm betrachtete mich meine ehemalige Kollegin, und ich hatte das Gefühl, sie studiere jeden Zentimeter meines Gesichtes.

Stimmengemurmel lag in der Luft. Wir saßen in einer Ecke. Der Raum war groß und hell, und ein bißchen erinnerte er mich an die Aula meiner alten Schule.

Mein Gegenüber schien etwas gesagt zu haben. Ich schaute fragend und sie wiederholte: „Ich sagte, du könntest das zukünftig hauptberuflich machen, da könnte richtig viel Kohle rüberwachsen!"

Ich lächelte schwach, aber Kristina verzog keine Mine. Daran merkte ich, daß es ihr ernst war. Sie sah mich immer noch so seltsam an, und ich ließ sie reden. Die Leute haben mich schon immer gerne vollgequatscht, neuerdings finde ich das sogar gut, weil ich dann nichts sagen muß.

44

„Du könntest dich 'Geriatrischer Terminator' nennen, oder 'Executer', oder auch einfach nur 'Der Geriatrist', das klingt fies genug!"

Fast alle Tische im Besucherraum waren besetzt. Da ich Sonderbehandlung genoß, sah ich die meisten der anderen Gefangenen zum ersten Mal. Ich schaute von einem zum anderem, aber keiner schien sich für mich zu interessieren. Nicht nur an der fehlenden Draußenbekleidung sah man immer genau, wer am Tisch der Häftling war.

„Allerdings solltest du lieber auf richtig dicke Fische umsatteln, solche, die auch was bringen - Politiker oder so - statt arme, schwache Omas!"

In dem Satz schien etwas zu fehlen, aber ich kam nicht darauf, was es war. Sie vermittelte mir den Eindruck, darauf zu warten, daß ich mich wehrte, aber das konnte ich nicht. Krissie hatte eine Stimme, die immer zur Empörung bereit war, aber jetzt war ihr Tonfall fast haßerfüllt gewesen.

Der Mann am Nachbartisch sah böse zu mir herüber, als hätte er verstanden, was meine Besucherin gesagt hatte. Während sie redete, hatte ich die ganze Zeit zu ihm rübergeguckt. Ich hatte nicht gewußt, wo ich sonst hätte hinschauen können: neben mir und hinter mir waren Wände, vor mir saß Krissie, und auf dem Tisch lagen meine Hände.

Plötzlich beugte Kristina sich vor, schlug mir mit der flachen Hand gegen die Stirn und rief: „Bantha Puuduh, Alter! Du mußt echt zusehen, daß du da ein bißchen Ordnung reinkriegst in deinen dicken Schädel!" Sie lächelte und ich wußte, ihr Urteil war gefällt. Ich rieb mir ein Auge, weil da irgend so ein Fliegentier hineingeflogen war.

„Wie geht's Priska?"

„Gut!" sagte Krissie knapp, dann fragte sie nach meinem Anwalt. Ich war froh, ein Thema zu haben und erzählte ihr ausführlich von ihm. Sie hörte aufmerksam zu. Als ich fertig war, meinte sie: „Ach, du meine Güte! Ich hab ein ziemlich mieses Gefühl bei der Sache!"

Ich lächelte, und sie fügte hinzu: „Ich besorge dir einen anderen!"

Und das tat sie dann auch. Der neue scheint ganz in Ordnung zu sein, jedenfalls so weit ich das beurteilen kann. Erst gab es Probleme wegen des Wechsels, aber das regelte sich irgendwie. Kristina hat es geschafft, daß der Anwalt sie immer mit reinschleust. Er gibt an, sie sei seine Praktikantin. Niemandem ist bisher irgendetwas komisch daran vorgekommen, das muß man sich mal vorstellen! Manchmal läßt der Anwalt uns alleine, oder er kommt gar nicht erst mit. Krissie kreuzt dann hier mit so 'ner Aktentasche und piekfein auf. Sogar 'ne Brille mit Fensterglas hat sie sich zugelegt. Als ich sie das erste Mal so sah, dacht' ich, ich kipp um! Und sie kommt mit allem durch, ohne Probleme. Wir sitzen dann im kleinen Besucherraum und können quatschen, ohne daß irgend so ein Scherge dabeisitzt und aufpaßt, daß wir nicht über Fluchtpläne oder solchen Mist reden.

An Flucht denke ich manchmal, aber nicht so, wie man an Sachen denkt, die man wirklich machen will, mehr so wie man sich manchmal vorstellt, ein toller Held zu sein oder so. Wenn ich da rumliege und auf das Stück Blau starre, dann stelle ich mir vor, Krissie befreit mich, wir hauen hier ab und düsen im Auto durch die Gegend, immer unterwegs und immer etwas los, ein Abenteuer nach dem nächsten. Fast so wie in Bandits oder Natural Born Killers. Krissie erzähl' ich nichts von dem Traum, sie würde nur: „Wach endlich auf!" oder so sagen. Ich glaube, ihr wäre es lieber, wenn ich mir irgend etwas überlege, was ich nach der Sache hier machen will. Aber das finde ich eigentlich nicht so wichtig, außerdem eilt es ja auch nicht, ich mein, ich werde ja noch 'ne ganze Weile hier sein und Zeit zum Nachdenken haben.

Der neue Anwalt heißt Markus. Wenn er mit mir redet, fühl' ich mich wie ein Ausländer. Einzelne Worte verstehe ich, aber viele nicht und der Sinn ist mir oft gar nicht klar. Jeder Beruf hat wohl eigene Vokabeln. In Lebensruh hatten wir auch eine eigene Sprache und sogar Uniform. Wir hatten eine Fachsprache und eine nur für uns. Die zweite war verboten, weil sie verroht war, aber sie zeigt schließlich nur, wie es in uns aussah, und das konnte man nicht verbieten, dazu hätten Gesetze geändert werden müssen. Es dauerte nicht lange, und ich hatte die medizinischen Begriffe drauf. So etwas wie Vokabellernen gab es nicht. Einige Begriffe tauchten immer wieder auf, und die mußtest du dann beherrschen.

Wenn Markus mich besucht, sitzen wir uns gegenüber. Er bringt mir immer einen Kaffee und Zigaretten mit. Er ist nett und versucht mir vieles so oft zu erklären, daß ich mich wirklich entscheiden kann und nicht nur raushören muß, was er für besser hält. Krissie sagt, er engagiert sich ziemlich für mich. Sie meint, er kämpft dafür, daß ich bis zur Verhandlung draußen bleiben kann. Er findet wohl, es gäbe überhaupt keinen Grund für die U-Haft. Ein paar Mal hat er auch schon versucht mir zu erklären, welche Paragraphen die auf mich anwenden, aber ich kann es mir nicht merken. Es ist mir auch egal, denn eigentlich fühle ich mich hier sicherer.

Von seinem Engagement kriege ich hier drinnen kaum etwas mit. Man denkt immer, die Anwälte tun nicht genug. Das geht allen im Knast so. Ich höre beim Hofgang die anderen oft darüber schimpfen. Vielleicht ist es wie auf dem Todestern: die Alten fühlen sich auch ständig vernachlässigt, egal wie sehr sich ein Pflegender für die Einzelnen zerreißt. Bei uns auf Station hatten sie alle den Dekubitus in der Seele. Äußerlich, nein, da war Lebensruh vorbildlich, man mußte ja jederzeit mit Kontrollen rechnen. Äußerlich war alles tipptopp, dafür schwangen die Bambuszwillinge die Peitsche. Auf der Zwei konnte man jederzeit unter die Decken gucken, da gab es keine Flecken auf den Laken oder Druckstellen an den Metten. Vom Medizinisch-Pflegerischen her war Lebensruh Spitze, jedenfalls im Verhältnis zu den anderen Heimen. Dieser Ruf war allen auch wichtig, deshalb trifft es jetzt viele meiner Kollegen auch doppelt so hart.

Einmal fragte Markus mich, ob ich eine Haftbeschwerde wegen der Unterbringung wünsche, aber das wollte ich nicht. Nur um einen anderen Stuhl habe ich ihn gebeten.

Ich bin wahrscheinlich ein Mörder, aber ich hab es nicht so gemeint. Wenn ich das vor Gericht ausspräche, meinte der neue Anwalt in unserem ersten Gespräch, wenn ich das also sage, hätte ich vielleicht ein paar Lacher, weil das so komisch klinge - also er meinte komisch komisch, nicht witzig -, aber ich hätte dann auch schlechte Karten. Doch wahrscheinlich habe ich die sowieso. Das meint Markus auch, und er sagte, alles hänge davon ab, ob ich das Ganze vorsätzlich gemacht hätte oder nicht.

Vorsätzlich heißt ja, soviel ich weiß, geplant, und geplant, nein, geplant hatte ich das sicher nicht. Das weiß ich ganz bestimmt. Ich meine, man wacht doch morgens nicht auf und sagt sich: „So, heute ist ein guter Tag, um Frau Schlegel umzubringen!" Das war es jedenfalls, was ich dem Anwalt dazu sagte, und eigentlich ist es ja auch die Wahrheit, auch wenn ich mir neuerdings gar nicht mehr so sicher bin, was wahr ist und was nicht.

Gestern habe ich einen Brief von Annette bekommen. Der Anwalt schmuggelte ihn rein. Annette ist im Betriebsrat auf dem Todesstern. Wir hatten nie viel miteinander zu tun, trotzdem habe ich sie irgendwie gemocht. Sie ist so eine ruhige, liebe, die nie viel sagt.

In dem Brief stand, daß sie auch schon oft kurz davor gewesen sei. Daß es ihrer Meinung nach vielen so gehe. Daß da ganz tief drinnen in einem plötzlich diese Wut sei und einem schon 'mal plötzlich alles zu viel werde.

Ihre Zeilen haben mich ziemlich nachdenklich gemacht. Es hat mich gefreut, daß sie mir geschrieben hat, aber der Brief hatte es wirklich in sich. Denn es stimmt ja irgendwie, gerade was Frau Schlegel betrifft. Da hatte ich das schon manchmal. Zum Beispiel, wenn ich bei Frau Bauer gerade zu gange war und sie wieder einmal ihr „Hel-fen Sie mir! Bitte, kann mir jemand hel-fen! Hallo! Hilfe! Hil! Hil! Hil!" von sich gab. Immer wieder, so fordernd, so anklagend, so, als hätten wir nichts anderes zu tun, als ständig um sie rum zu sein. Sie hörte damit einfach nie auf. Im Gegenteil, da konntest du noch so oft ruhig mit ihr sprechen, sie fragen, was sie denn möchte, ihr erklären, daß sie nicht dauernd nach jemandem rufen könne, daß wir noch 12 andere Bewohner zu versorgen hätten, die alle gleichzeitig und am liebsten immer etwas von uns wollten, und daß das einfach nicht ginge, daß wir unsere Zeit auch einteilen müßten, daß sie das doch verstehen müßte und so weiter.

Krissie sagte immer zu mir: „Was sabbelst du dich denn dauernd so viel mit ihr ab? Laß' sie doch schreien!" Ich konnte das aber nicht. Irgendwie dachte ich, sie muß es doch irgendwann einmal kapieren. Doch da war nichts zu machen.

Man war kaum aus dem Zimmer, da ging es wieder los: „Hil! Hil! Hil!"

Am schlimmsten fand ich Frau Schlegel immer, wenn sie, nachdem sie fast eine Stunde Hil gebrüllt hatte, mitkriegte, daß einer von uns im Zimmer war und dann anfing, uns Vorwürfe zu machen. Daß wir sie absichtlich vernachlässigten. Sich stundenlang keiner um sie kümmerte. Daß es ihr schließlich am Schlechtesten von allen ginge. Der Hammer kam aber noch, und besonders Krissie konnte dann echt rasend vor Wut werden. Irgendwann legte sie nämlich los, alle anderen Bewohner als Simulanten, die ihr Kleider stahlen und von uns bevorzugt wurden, zu beschimpfen.

Ich meine, an einem solchen Tag, wenn du sieben Stunden Hil hinter dir hattest, nach dem Streß, Frau Koch's Geweine, dem Ärger mit Frau Schneiders Verwandschaft, wenn Herr Fischer schlechte Laune hatte, Mulischka bockte, Frau Amann pöbelte und schrie, und Frau Hein auch ständig ihre Extrawünsche hatte, da war es schon möglich, daß in mir still und heimlich der Wunsch hochkroch: ein Kissen und gut. Nur um dieses ständige Geräusch, dieses „Hil! Hil! Hil!", diese Endlosschleife nicht mehr im Hirn zu haben.

Ich weiß nicht - man gewöhnt sich ja so schnell daran, ich weiß nicht zu denken -, aber ich kann mich wirklich nicht genau an solche Gedanken erinnern. Nur an dem einen Tag, meinem vorletzten, ist es mir noch im Gedächtnis, da war es so ähnlich. Aber nein, geplant, so im eigentlichen Sinne, hatte ich das Ganze nun wirklich nicht. Ich meine, sonst hätte ich mir doch auch Gedanken darüber gemacht, was danach kommt, oder?

Als ich vorhin aufgewacht bin, ist mir etwas Komisches passiert. Normalerweise, wenn man aufwacht, weiß man doch meistens gleich, wer man ist, aber da waren die grauen Wände, und ich wußte erst gar nicht, was los war. Es war nicht einfach so, daß ich dachte, wo bist du bloß, nein, sondern irgendwie war mein Kopf ganz leer. Wie abgeschaltet. Ich war zwar wach und konnte auch sehen, aber mehr war da nicht. Als hätte ich plötzlich vergessen, wer ich bin und all das. Als hätte ich in der Nacht einen über den Schädel gekriegt und säße jetzt mit einem Black out oder so da.

Ich hab' dann rumgeguckt, aber da war nichts, was mir bekannt vorkam. Obwohl ich doch schon länger hier bin. Jedenfalls dauerte es eine ganze Weile, und dann kam es mir langsam. Is' doch irre, nicht?

Wenn ich jetzt darüber nachdenke, muß ich über mich selber lachen. Ich muß genauso verwirrt wie unsere Alten geguckt haben. Überhaupt komm' ich mir immer mehr wie die vor. Genauso zur Untätigkeit gezwungen, nutzlos und ausgesperrt. Man steht früh auf und geht früh zu Bett, man ist von seiner Vergangenheit, seinen Gewohnheiten und der vertrauten Umgebung abgeschnitten und wird zu einer Nummer, zu einem Arbeitsaufwand. Mit dem Unterschied, daß die Bewohner kein Verbrechen begangen haben, außer alt zu sein. Natürlich dürfen die rumlaufen, nur daß die meisten von ihnen das eben nicht mehr können. Alle ihre Wege enden dort, wo Schmerzen und Schwächen beginnen und sie zum Ausruhen und Umkehren zwingen. Bloß das Bett existiert noch. Und die Klingel.

Eine Klingel gibt es hier auch. Wenn man mal muß und so. Find ich schon seltsam. Was wäre denn, wenn ich jetzt 'was mit der Blase hätte? Oder Durchfall? Da müßte doch Müller, oder wer immer gerade Dienst hat, jedesmal laufen. Solche Sachen wie Ausscheidungen kriegen plötzlich eine enorme Bedeutung. Wäre ich alt, hieße das altersbedingte Analfixiertheit, dabei ist es eine reine Frage von Abhängigkeit und Hilflosigkeit.

Aus Filmen kenn' ich es, daß die Knastologen immer ihr eigenes Klo haben, aber vielleicht gehört das ja schon mit zur Strafe. Ich meine, damit ich mich irgendwie immer mehr wie einer von den Alten fühlen soll. Damit ich mal weiß, wie das ist und so. Wenn es so wäre, fände ich das gar nicht schlecht. Früher hatte ich mir das auch schon manchmal überlegt. Also ganz am Anfang, als man noch mehr zum Denken kam da im Heim. Da hatte ich mir das so zurechtgesponnen, daß eigentlich jeder Pfleger und jede Pflegerin 'mal genau dieselben Sachen hätte mitmachen müssen wie die Alten. Damit wir vielleicht etwas mehr Verständnis haben. Besonders Maike, Urth oder Sabine hätte das gutgetan. Dann wären die vielleicht runtergekommen von ihrem Trip und hätten sich mehr Mühe gegeben, ein bißchen anders davor zu sein. Hätt' ich schon gut gefunden, wenn so etwas Bedingung wäre für alle, die in so einem Beruf arbeiten. Wenn jeder mal mitkriegen müßte, was Sache ist. Wie das zum Beispiel ist, gewindelt zu werden. Allein das stell' ich mir ziemlich komisch vor. Und dann auch noch auf Zeit, wo du richtig merkst, daß die Person, die bei dir ist, in dir nur 'ne Nummer, eine Zeiteinheit, ein Hindernis oder dergleichen sieht. Und dann im Bett gewaschen und angezogen zu werden! Und erst die Eßhilfe! Das ist ja auch so ein Kapitel für sich. Ich weiß noch, wie Sabine mit dem Standard ankam. Den hatte sie selber geschrieben und für uns alle hingelegt. Zum Durchlesen, Überprüfen und so. Krissie schaute sich das an und machte dazu so eine Bemerkung in meine Richtung. Ich weiß nicht mehr genau, was es war, aber etwas wie: „Feines Buchstabenfutter! Da freuen sich die Ordner, daß sie wieder 'was zu fressen kriegen!" Jedenfalls sah Sabine, wie wir tuschelten und lachten. Und prompt gab es Ärger. Sie fragte, ob wir mit irgend etwas nicht einverstanden wären, und ich weiß noch, wie peinlich mir das war. Natürlich standen da ganz prima Sachen: langsam ans Bett rantreten, den Bewohner davon in Kenntnis setzen, daß man nun da sei und beabsichtige, ihm beim Essen behilflich zu sein, dann genau erklären, was es gäbe, als nächstes das Bett hochstellen, dem

51

Alten eine Serviette - so hießen bei uns die Lätzchen - umhängen, sich auf seine Höhe begeben und all so'n Mist. Ich mein', das ist ja schon alles ganz fein, was Sabine, die Pille, da geschrieben hatte, nur daß es eben absolut nichts damit zu tun hatte, wie es wirklich abging. Denn in Wirklichkeit tobte man da mit dem Teller hin, riß die Leute hoch, verpaßte ihnen ein Handtuch, weil meistens zu wenig Servietten sauber und gewaschen waren, und bevor die noch „Huch!" sagen konnten, hatten sie auch schon den letzten Bissen im Mund. Ich kam mir dabei immer wie ein verdammter Vergewaltiger vor. Zum langen Palaver und Diskutieren war doch gar keine Zeit. Und man lernte ja auch, Gerede mit den Bewohnern zu vermeiden. Aber das durfte man natürlich nicht sagen, dann hätte es ja geheißen, wenn du es nicht so machst, machst du es falsch! Obwohl alle so davor waren, vielleicht mit Ausnahme von Erdmute. Erdmute, die Gute. Jedenfalls war Sabine ja sowieso kaum auf Station. Oder höchstens mal, wenn einer fehlte oder irgend etwas schief gegangen war. Und dann konnte die es sich natürlich leisten, ganz musterhaft vorzugehen. Außerdem: wer hätte sie denn auch kritisieren, sollen? Schließlich war ja keiner mehr über ihr. Nur Ziemke, aber der zählte irgendwie nicht. Der sei wie die Monarchie in England, sagt Krissie immer, teuer und überflüssig! Sogar Urth und Maike maulten immer nur hinter Sabines Rücken, wie unordentlich und langsam sie wäre. Ich weiß noch, wenn Sabine Dienst hatte und gleichzeitig Teeküche, winkten immer alle gleich ab und sagten: „Laßt uns bloß zusehen, daß wir ihre Gemeinschaftsaufgaben irgendwie zwischendrin noch erledigt kriegen! Die denkt da sowieso nicht dran! Bevor sie dann dazu kommt, ist lange Feierabend, und wir müssen länger bleiben, bis sie fertig ist!"

So war das mit Sabine. Die merkte gar nicht, wie ihr alle immer etwas abnahmen, oder schon stillschweigend davon ausgingen, daß, wenn sie oben auf Station gewesen war, sowieso das totale Chaos herrschte und kaum etwas erledigt war. Das hätte sich mal einer von uns erlauben sollen! Dann wäre aber 'was losgewesen! Das kann ich dir aber sagen!

Aber das Beste war, daß genau diese Sabine, die PDL, die kaum Einblick in das hatte, was da wirklich los war, immer schlaue Ratschläge von sich gab. Und wenn einer von uns stöhnte, behauptete sie, wir würden übertreiben, das alles zu subjektiv empfinden und so. Die hatte nämlich immer so schlaue Worte. Das kam von den vielen Fortbildungen, die sie machte. Ich glaube, die lernten da hauptsächlich, wie man mit Fremdwörtern um sich wirft. So ähnlich wie beim Schlagball, nur mit dem Unterschied, daß die Leitenden im Heim immer am Werfen und Laufen waren, also ständig Punkte sammelten und weiterkamen, während wir, damit mein' ich die Alten und uns, das gewöhnliche Pflegepersonal, dagegen irgendwie immer die Mannschaft im Feld waren, die zusehen mußte, daß sie den Bällen auswich und nicht, oder zumindest nicht zu hart, getroffen wurde. Die Alten hatten bei diesem Spiel natürlich die schlechtesten Karten.

Sabine sagte auch 'mal diese Sache mit der „selektiven Wahrnehmung". Ich weiß das noch genau, weil Krissie mir hinterher lang und breit am Telefon erklärte, was das ist. Das war bei einem dieser Telefonate, die wir dauernd führten. Zum Beispiel, wenn Jessica mal wieder keine Zeit hatte, was ja auch nicht gerade selten vorkam. Ich hatte dann oft Frust. Ich mein', wenn du den ganzen Tag Streß hast da im Heim und dann in 'ne leere Wohnung kommst und keiner da ist, und es auch nicht abzusehen ist, daß mal einer vorbeikommt, dann ist das doch klar, oder? Fernsehen kann man ja auch nicht immer. (Das heißt, natürlich gucke ich gerne fern, aber noch lieber Video.) Und zwischendrin will man ja auch mal mit jemandem reden. Irgendwie kam es dann, daß Krissie und ich fast täglich telefonierten. Wir quatschten dann natürlich viel über das Heim, was am Tag vorgefallen war und so. Nicht nur, nein das nicht, aber meistens. Ich mein', da ging ja immer so viel ab, da konnte man schon locker ein, zwei Stunden drüber reden. Es war ja nicht so, daß ich sonst gar keine Freunde gehabt hätte, aber mal ehrlich, wer will denn schon dauernd diesen Mist hören? Den ewigen Frust und den ewigen Terror? Und dann noch solche Sachen, die für die meisten Leute sowieso unvorstellbar und eklig sind. Wie Dünnschiß oder Tod. Da hört doch keiner gerne zu. Da muß man schon selber drinstecken.

Das mit der selektiven Wahrnehmung hatte ich zuerst nicht richtig kapiert. Als Krissie dann sagte, das sei wie Scheuklappen aufhaben und immer nur das sehen, was direkt vor einem läge, da hat es klick gemacht. Jedenfalls was die Worte angingen. Nur habe ich dann nicht mehr begriffen, was Sabine damit sagen wollte. Denn irgendwie war es doch genau das, was sie selber machte. Immer nur ein bißchen von der Arbeit als Leitende sehen, aber dem gemeinem Fußvolk gegenüber schlaue Sprüche bringen.

Im Ernst, so ein bißchen erinnert mich diese Psychotante hier an Sabine. Nicht vom Ausehen her, aber sonst irgendwie. Die würden sich bestimmt prima verstehen. Ich stell' mir vor, daß man als Seelenklempner für Knastologen auch 'ne Menge Fortbildungen machen und viele Worte kennen muß.

Die Psycho heißt auch Maike. Das fand ich zuerst ziemlich ätzend, aber man vergißt es. Ich nenne sie ja nie beim Vornamen, sondern sieze sie nur.

Neulich hat sie mich gefragt, was mir zu Frau Schlegel einfällt, und da wußte ich wieder nicht, was ich sagen sollte. Die Wahrheit ist, ich bin froh, daß es endlich aufgehört hat. Daß dieses Geräusch in meinem Kopf endlich schweigt. Daß ich wieder denken kann und nicht mehr alles von diesem ewigen Hil übertönt wird.

Kein Hil mehr im Bett, kein Hil im Traum.

Kein Hil beim Aufstehen und überhaupt kein Hil mehr, den ganzen Tag über.

Ich bin endlich frei von dieser ständigen Sirene in meinem Schädel.

Aber das kann ich ihr wohl nicht sagen. Nein, ich glaube, sie will hören, daß es mir leid tut. Das stimmt zwar nicht wirklich, aber ich werde es wohl trotzdem sagen.

Dabei konnte ich Frau Schlegel am Anfang gut leiden. Sie war so ein kleines zerbrechliches Persönchen. Endlich 'mal nicht so'n Klopper. Sonst haben wir ja nur Dicke bei uns auf der Zwei. Also kilomäßig bringt unsere Station wirklich am meisten auf die Waage, alle einmal zusammengenommen. Nicht daß mir das 'was ausgemacht hätte, ich bin ja stark genug, nein, im Gegenteil, da brauchte ich endlich 'mal nicht dauernd aufzupassen. Wegen meiner Kräfte und so. Es war zwar anstrengend, aber so schwer wie für Krissie war es für mich nicht. Ich konnte beim Baden sogar Frau Schmidt ganz locker hochheben, bis Krissie dann immer alle Handtücher weghatte.

Jedenfalls war Frau Schlegel da ganz anders.

Den ersten Tag kamen wir auch prima miteinander klar. Das weiß ich noch, denn ich war da, als sie ankam. Ich habe ihr alles erklärt, den Tagesablauf, wo alles ist, und so. Am Schluß, als ich weiter muß-te, da hatte sie noch meine Hand genommen und gesagt, daß sie sich freut, so einen netten Pfleger zu haben. Ich weiß noch, daß ich beinah geheult hätte. Ich bin sonst keine Heulsuse, aber das ging mitten rein. Irgendwie war es das erste Mal, daß einer im Heim so etwas sagte. Anerkennung kriegste in dem Job ja kaum, und Lob kam auch total selten rüber. Von Ziemke manchmal, aber dem merkte man an, daß es nicht echt war. Es war, als hätte er es sich vorgenommen, weil das zu den Aufgaben eines Heimleiters gehört. Es war, als stünde in sei-nem Terminkalender: montags loben! Frau Schlegels Worte klangen anders, echt, und sie waren, glaube ich, auch der Grund, warum ich mir bei ihr später immer so besonders viel Mühe gab. Später, als sie nur noch schrie und ständig 'was wollte.

Maike sagte immer, Frau Schlegel sei wie ein verzogenes Einzel-kind, und man würde ihr anmerken, daß sie lange zu Hause von ihrer Schwester und den anderen Verwandten gepflegt worden sei. Daß die immer gesprungen wären, wenn sie auch nur einen Mucks von sich gab. Und daß wir konsequent mit ihr sein müßten, damit sie be-greift, daß es hier keine Sonderwünsche gäbe und wir nicht die Pausen-

55

clowns seien, sondern nur für die Versorgung zuständig und um alles andere die Verwandten sich kümmern müßten.

Es kam immer viel Verwandtschaft zu Frau Schlegel. Die Schwester jeden Tag und mehrmals die Woche auch die Nichte. Und dann noch irgend jemand, der sie regelmäßig besuchte. Anders als bei den meisten anderen. Bei Mulischka und Frau Schmidt zum Beispiel kam nie einer, und trotzdem quakte Frau Schlegel immer, sie wäre so alleine. Das war auch so eine Sache, die ziemlich nervte. Obwohl ich sie auch verstehen konnte. Wenn man immer liegt, vergeht die Zeit kaum. Das ist so ähnlich wie hier. Außerdem hatte sie Angst. Das habe ich live miterlebt, wie sie sich langsam vom zweiten Tag an immer mehr reingesteigert hat. Angst vorm Alleinsein. Vorm Verlassensein. Vorm Sterben. Oder was weiß ich. Sie klingelte am Anfang und wollte darüber reden, aber eigentlich wußte ich gar nicht, was ich sagen konnte. Zeit war sowieso keine, und ich glaube, nach dem dritten oder vierten Mal klang ich auch schon ziemlich genervt, weil sie mich schließlich immer von etwas wegholte. Meine Zeit war ja im Gegensatz zu ihrer nicht stehen geblieben. Dann nach einigen Tagen hörte sie damit auf, fing dafür aber an, sich Sachen auszudenken. Also, daß sie auf den Klostuhl müsse. Daß sie etwas zu trinken wolle. Daß das Fenster geschlossen werden solle. Und fünf Minuten später war ihr wieder zu warm. Und so weiter und so weiter. Das ist eines der ersten Dinge, die die Bewohner lernen: durch Klagen Zeit und Aufmerksamkeit einzufordern.

Maike hat das nicht so mitgekriegt, die hatte damals Urlaub, und als sie wiederkam, da erlebte sie Frau Schlegel schon so nervtötend und ordnete auch gleich Haldol an. Es wurde dann eine Weile besser, obwohl ich zugeben muß, daß Frau Schlegel mir leid tat. Ich mein', so schwierig sie auch war, so war sie doch trotzdem noch völlig fit. Man hatte eigentlich gut mit ihr reden können, und manchmal hatte sie auch echt witzige oder bissige Sachen drauf, ziemlich schrill. Dann plötzlich war sie so abgeschossen. Sie sabberte die ersten Tage nur und schnallte so gar nichts mehr. Das gab sich dann nachher zwar wieder etwas, aber da fing die Hil-Schreierei an.

Ich mein, sie war zwar insgesamt ruhiger wegen der Medikamente, also gedämpft, aber die Angst war doch trotzdem noch da. Na, und dann ging es eben los mit dem ewigen Hil.

Zwischendrin hatte sie aber trotzdem klare Momente. Eigentlich immer, wenn man mit ihr sprach. Sie hat mir auch erklärt, daß sie Hil ruft, weil Maike ihr verboten hatte, Hilfe zu schreien und daß sie es tun mußte, weil sie Angst hatte.

Über Angst konnte man gut mit Frau Schlegel sprechen. Sie meinte einmal, Angst sei im Wesentlichen nachtaktiv, sie komme und fresse ihren Schlaf. Das hat mich ziemlich berührt. Ich kannte nämlich, was sie meinte.

Mit meiner Angst war das so, daß man sie mir irgendwie im Heim in die Taschen stopfte. Wie tausend Schlangen kroch es dann zu Hause in alle Ritzen und Ecken, um sich bis tief in die Nacht zu verstecken, und erst wenn ich im Bett lag, kamen sie wieder heraus, drangen durch Nase, Augen und Ohr tief meinen Körper ein, bissen und zwickten mich, ließen mein Herz rasen und mich nicht zur Ruhe kommen. Dann kriegte ich keine Luft und hatte Panik. Panik zu sterben, Panik vor der Vorstellung davon, wie es sein würde. Panik vor dem Nicht-mehr-sein. Panik, die bei gerechter Aufteilung für mindestens fünfzig Leute gereicht hätte. Mein Hals schwoll zu, und ich versuchte krampfhaft, an etwas anderes zu denken, aber die Nacht bestand aus Drehen und Wenden, aus tausend Geräuschen, aus Aufschrecken und sich wieder beruhigen, aus vielen überflüssigen Gedanken, von denen einer in den nächsten mündete, ohne je irgendwo anzukommen. Aus Aufstehen und Umherlaufen, aus Hinlegen und Hoffen, daß jetzt der Schlaf endlich käme, aus fernsehen und immer wieder aus Bissen der Panik-schlangen, die mich inwendig zerfleischten und zu einer einzigen Wunde machten - die Vorstellung, wie es sein würde, nicht zu sein, das Bewußtsein um ein Ende des Bewußtseins - und ich meine nicht das Wissen darum, sondern das, wie es sich anfühlt -, das Entsetzen, ein ständiger Alptraum, in dem nur das Denken an etwas anderes eine Art Aufwachen bedeutet, eine Art kurzer Pause, bis der Alp, der große gierige Schlund eines Tyrannosaurus wieder da war. Und du weißt, und du fühlst, daß es nur noch wenige Sekunden dauert, dann bist du Vergangenheit. Und es gibt nichts, absolut nichts, was du dagegen tun kannst. Müdigkeit war da, für Wochen, aber es wollte einfach kein Schlaf kommen, keine Ruhe. Beim zu Bett gehen stand der nächste Tag, der Frühdienst, wie ein Berg schon vor dir, und man konnte verzweifeln bei dem Gedanken daran, wie man den schaffen sollte. Du liegst da, und das Herz schlägt zu schnell, und dein Kopf arbeitet noch oder schon wieder. Aus Sekunden werden Minuten, aus Minuten Stunden. Und dann war es Zeit zum Aufstehen, und erst die Erschöpfung in der nächsten Nacht brachte Schlaf, der dann aber einer Bewußtlosigkeit sehr nahe kam. Ich kannte das schon. Nachzudenken gab es viel, und es ist ein Irrtum, daß man etwas zu Ende denken kann. Nächtliche Gedankenstränge können sich unendlich teilen und die Tage darauf zu Mißgeburten machen.

Es fing immer damit an, das ich an etwas denken mußte, was Maike oder Urth oder Tina oder Sabine oder sonst jemand gesagt hatte. Irgend etwas, auf das ich nicht geantwortet oder nicht das von mir gegeben hatte, was ich eigentlich hätte sagen wollen, was ich eigentlich bin. Und das kam oft vor. In Lebensruh redete ich meistens, was ich nicht dachte. Nicht weil ich lügen wollte, nein, sondern weil mein Denken mit dem, was passierte, nicht mithalten konnte. Was genau die richtigen Antworten gewesen wären, fiel mir dann immer erst nachts ein.

Tagsüber konnte ich manchmal kaum zwei zusammenhängende Gedanken fassen, aber nachts kamen sie. Sprudelten wie Sauerstoffblasen aus einem in der Tiefe liegenden Körper herauf. Hunderte glänzende Luftperlen, ein aufsteigender Strudel, eine Sprudelkette, ein langsam dünner werdendes Fädchen, dann vereinzelte Blasen, isolierte, und schließlich die eine, letzte aus der Schwärze, nach der nur das Nichts kommt. Und dann die Angst.

Ich meine, du arbeitest und schläfst und siehst fern und ißt und versuchst, etwas gegen die Einsamkeit zu tun und hetzt von einem Muß zum nächsten, aber nachts wirst du wach und all das, wofür am Tag keine Zeit war, galoppiert durch deinen Schädel wie ein Pferd auf der Flucht vor dem allmächtigen Abdecker. Das Kopfkissen wird zu Stein, und in deinem Schädel hämmern die Hufe, die langsam zu einer altmodischen Dampflok werden, die in den Schläfen stampft und stampft und stampft.

Ich habe sie alle probiert, diese Hausmittel: Honig mit Milch, Baldrian, kalt duschen, ein warmes Bad. Das alles half, um durch die Nacht zu kommen, aber nicht um zu schlafen.

Du liegst da und stierst an die Decke, von der du irgendwie nicht mehr weißt, ob sie wirklich da ist, weil alles um dich herum dunkel ist. Und dieses Dunkle gleicht so sehr dem finsteren Schlund, in den du mit geschlossenen Augen geblickt hast, daß die Angst wieder kommt. Und dann machst du das Licht an, und das Zimmer, jeder Gegenstand ist dir vertraut, aber draußen lauert die Nacht mit ihrer Schwärze, die immer bleibt, auch wenn du noch soviele Lichter anmachst. Manchmal bist du dir dann plötzlich nicht mehr sicher, ob die Sonne je wieder aufgehen wird. Selbst wenn das Frühlicht endlich die Schwärze zu vertreiben beginnt, sitzt in jeder Pore deines Körpers die Erinnerung an die Dunkelheit und die Gewissheit, daß sie zurückkommen wird. Und mit ihr die Angst, die sich wie eine eigene Wesenheit, wie ein Alien, in dir eingenistet hat, die wächst und größer und stärker wird, von Nacht zu Nacht.

Von der Panik konnte ich nicht einmal Krissie erzählen. Das wäre, als würde ich gerade das, was ich vergessen wollte, ganz laut herbeirufen. Als würde man ziemlich dämlich im Gehege des T-Rex 'rumstapfen.

Am nächsten Tag heißt es dann: heute Nacht kaum geschlafen.

Ich find das faszinierend, wie eine Masse von wachgelegenen Minuten, von Gedanken und Geräuschen zu einer solchen Formel wird.

All die Male, die man sich hin und her wälzt, aufsteht und sich wieder hinlegt: heute nacht kaum geschlafen. Das klingt, als fragt ein Kind nach dem Mond, was das ist und so, und der Gefragte antwortet einfach: „Der Mond? Der ist weit weg!" Zack, bum, aus. Einfach: weit weg.

Ich versuchte in solchen Nächten immer, Jessica, wenn sie mal bei mir übernachtete, möglichst nicht zu wecken. Obwohl es seltener vorkam, wenn sie da war, passierte es doch. Und dann machte mich nach einer Weile ihr Rücken und ihr ruhiger, gleichmäßiger Atem wahnsinnig. Ich wälzte und drehte mich wie ein Schwein, das sich im Dreck suhlt, bis sie knurrte und sagte: „Sei doch ruhig!" Das Zimmer wurde dann plötzlich noch enger, und wenn ich aufstand, um in der Küche zu rauchen oder im Wohnzimmer fernzusehen, dann kam sie manchmal und fragte: „Was ist denn los?" Antwortete ich „Ich kann nicht schlafen!", dann kam mir dieser Satz fast wie eine Lüge vor. Jessica aber sah mich mitleidig an, strich mir über den Kopf, küßte mich und legte sich wieder in das warme, weiche Bett, um zu schlafen. Sie konnte so ganz selbstverständlich tun, was für mich das Allerschwerste von der Welt war. Dadurch fühlte ich mich noch beschissener, und nicht einmal der Fernseher konnte mich dann einen furchtbar langen Moment noch davor bewahren zu ersticken.

Solche Nächte fühlten sich an wie eine Niederlage, waren aber keine, weil es zu einer Niederlage eines Kampfes bedarf, und den hatte es schließlich nie gegeben.

Nichts ist so sicher wie der Tod, nichts so ungewiß wie der Zeitpunkt, aber ich war ihm oft so nah, daß ich mich schon fast gestorben fühlte.

Hier in der Zelle ist es anders. Hier ist es nie ganz dunkel. Die Schlangen kommen nur in der Dunkelheit. Sie sind auch sonst immer da, aber sie können mir nichts tun. Es ist wie mit Vampiren: glaubt man an sie, sind sie auch immer da, aber tagsüber schlafen sie, und man kann sie besiegen.

Ich hasse und fürchte den Gedanken, nicht mehr zu leben, aber frage mich, ist das Liebe zum Sein?

Leben mit dem Bewußtsein des Nicht-Seins ist unmöglich. Das ist einer von Priskas Sätzen. Ich würde auf so etwas nicht kommen, aber ich merke es mir. Das ist eine Art Hobby von mir: Sätze merken. Genauso wie den von meiner Mutter, den sie Vati auf den Grabstein meißeln ließ: Der Sinn des Lebens ist das Leben. Ich finde den Klasse! Er hat mir jahrelang im Kopf rumgespukt, bis ich irgendwann dachte, ich hätte ihn kapiert. Aber als ich in Lebensruh anfing, war dann alles anders. Ich mein', es fiel mir vorher immer schon schwer, Leben und Sterben voneinander zu trennen, und im Heim wird ja permanent gestorben. Von Leben eigentlich kaum eine Spur. Die Alten sind von der Welt abgemeldet, lange bevor ihr Herz wirklich still steht. Sie tappen durch die Gänge der Altensilos mit Bewegungen, wie von Dritten gelenkt, hocken mit verschleierten Blicken in den Sesseln der Aufenthaltsräume oder liegen in Betten und funken S. O. S., satt, ordentlich, sauber. Seit der Pflegeversicherung sind die Einrichtungen der Wirtschaftlichkeit verpflichtet, da machte man als Pflegekraft halt seine Häkchen im Kardex und fertig. Die Heimaufsicht kontrolliert Dienstpläne und Pflegenachweise, mehr nicht.

Die Eskimos setzen sie ihre Alten aus, die Indianer gehen selber zum Sterben in die Einsamkeit, wir sperren unsere ein, (also die, die nicht genügend Kohle für Reisen und teure Heime haben), geben ihnen Zeit, mit der sie nichts anfangen können und halten sie so lange am Leben, wie es nur geht. Sie werden entsorgt statt versorgt, so seh' ich die Sache jedenfalls. Krissie sagt, wer hier nichts mehr leisten und schaffen kann, der wird zu Sondermüll und verliert jegliche Rechte. Krissie ist immer ziemlich extrem in dem, was sie sagt und denkt, aber vielleicht hat sie recht. So wie die Verhältnisse sind, wäre man gerne etwas anderes als alt, zum Beispiel vermögend. Dann sieht vieles ganz anders aus.

„Die Bewohner sind wie ein Spiegel, mit dem man in die Zukunft guckt. Und meist gefällt einem nicht, was man sieht. Viele Alte stehen dem Ruhestand mit leeren Händen gegenüber. Auch wenn man sie noch so pflegt, Gesundheit kann man ihnen nicht wiedergeben, aber ich finde, man könnte ihnen wenigstens ihre Würde lassen." Das sind die letzten Zeilen aus Annettes Brief. ich finde sie gut. Ich habe sie abgeschrieben und auswendig gelernt und wenn mir wieder einmal jemand mit Würde kommt, dann weiß ich, was ich darüber denke.

Die Zeit vergeht. Ich merke es daran, daß man es mir sagt. Für mich ist es immer derselbe Tag. Es ist wie in diesem Film „Und täglich grüßt das Murmeltier". Jetzt sind es nur noch fünf Wochen bis zur Verhandlung.

Gestern kam Müller später als sonst, es war alles durcheinander. Er sagte, unten habe einer Selbstmord begangen.

Ist schon komisch, da hockst du in deiner Zelle und unter dir hängt sich einer auf. Für mich käme das nie in Frage. Meine Mutter sagt, Selbstmord ist feige! Sie ist, glaub' ich, immer noch sauer wegen meines Vaters. Daß der sie einfach allein gelassen hat. Ich denke, sie hätte ihn gerne weiter gepflegt. Daß er hätte warten müssen, bis es soweit gewesen wäre, hat sie immer wieder betont. Wenn sie solche Sachen sagt, würde ich ihn gerne verteidigen, aber mir fällt gewöhnlich nichts dazu ein.

Tom meint, Vater hätte nicht warten können, weil er dann nämlich vielleicht keine Wahl mehr gehabt hätte. Das bringt unsere Mutter meistens zum Weinen.

Wenn ich sie sehe, wie sie da im Besucherraum auf mich wartet, bricht es mir irgendwie das Herz. Sie sieht so allein aus, so klein und zerbrechlich. Die alte schwarze Tasche, die sie immer bei sich hat, kommt mir vor wie ein Anker. Er allein bewahrt sie davor, davongeweht zu werden.

Dabei war sie immer so stark, hat uns fast alleine durchgebracht. Und irgendwie auch unseren Vater. Sie arbeitete als Gemeindeschwester. Als Jugendliche im Krieg hatte sie einmal einen verwundeten Soldaten gesehen, der Maden in seinem faulendem Bein gehabt hat. Sie sagte immer, dieser Anblick hätte sie nie wieder losgelassen, und fortan habe sie unbedingt Krankenschwester werden wollen.

Sie trägt bei ihren Besuchen immer ihr schwarzes Kostüm. Es ist viel zu warm für diese Jahreszeit, aber ich weiß, daß es ihr bestes ist. Die Pullover darunter sind meist schon etwas schäbig, aber ich liebe sie dafür noch mehr. Es rührt mich und oft reicht es allein, sie zu sehen, und ich könnte heulen.

Wir sprechen nicht darüber, was geschehen ist. Sie plaudert immer so daher, als ob wir uns bloß zum Kaffee treffen würden.

Auch wenn Tom verhaftet wird bei seinen Demos, sagt sie nie 'was, backt nur den Anwälten immer Kuchen oder macht andere Geschenke. Einmal strickte sie tagelang für einen Anwalt Handschuhe. Meine Schwester sagte damals: „Laß doch! Heute trägt doch keiner mehr selbstgestrickte Handschuhe! Du bringst den Mann in Verlegenheit!"

Ich glaube, Melle wollte nicht gemein sein, das ist nicht ihre Art, sie wollte unsere Mutter bloß vor einer Enttäuschung bewahren, wegen all ihrer Mühe. Aber dann kam der Kerl nach dem Prozeß zu ihr und hat sich bedankt, sie in den Arm genommen und gedrückt. Er war ganz gerührt und so. Er meinte, die wenigsten Eltern würden bei solchen Sachen hinter ihren Kindern stehen.

Meine Mutter mit ihrer leisen brüchigen Stimme hatte damals nicht etwa „Siehste!" zu Melle gesagt, sondern einfach nur: „Hat sonst noch jemand etwas gegen das, was ich tue, einzuwenden?" Und dann ist sie trotz ihrer Schmerzen den ganzen weiten Weg nach Hause zu Fuß gegangen, und ich glaube nicht nur, weil sie erleichtert war, daß Tom aus der Sache mit Freispruch rauskam. Auch Melle war froh, daß es so ausgegangen war. Über die Sache mit den Handschuhen und Toms Verhandlung sprachen wir nachher nur noch als „Mamas Marsch".

Als ich Krissie einmal die Geschichte erzählte, machte sie ein ganz komisches Gesicht, mit so einem dämlichen Grinsen und glitzernden Augen, als würde sie gleich losheulen. Ich sagte: „Wenn du solche Fratzen schneidest, kriegste nie einen Mann!"

Krissie ist ein paar Jahre jünger als ich, aber irgendwie hat sie schon wesentlich mehr erlebt. Sie sagt, sie hat sich fast ihr ganzes Leben nur rumgetrieben. Sie hat sogar mal auf der Straße gelebt, und ich glaube, ihr fiel es noch schwerer als mir, auf dem Todesstern zu bleiben. Einerseits wollte sie mal etwas länger als nur ein paar Wochen machen, andererseits gibt es wohl kaum einen schlechteren Platz, um Durchhalten zu üben. Dabei ist Krissie ein richtiger Kampfzwerg. Die sucht nur nach Möglichkeiten, zuzupacken. Und auch wenn sie selber keine Ahnung davon hat, und sich manchmal häßlich, klein und unfähig fühlt, so ist sie doch ein Energiebündel, mutig und wunderschön.

Ich sehe sie manchmal zu lange an, und auf dem Todesstern wurde am Anfang viel darüber getuschelt, aber Kristina sagte: „Laß sie nur reden!" Es war ihr überhaupt nicht peinlich, daß wir beide als unzertrennlich galten.

Ich verstehe nicht, warum sie mich mag. Ich verstehe nicht, warum sie zu mir hält, und ich verstehe bis heute nicht, warum sie mit mir befreundet sein wollte. Denn Krissie ist keine Type, die einfach in etwas hineinrutscht, die entscheidet sich für Sachen.

Einmal habe ich versucht, dahinter zu kommen, ich war ziemlich betrunken, sonst hätte ich mich wohl nicht getraut.

„Hier Frau Mans, sag mal, warum magst du mich eigentlich?" habe ich sie gefragt, und Krissie hatte gelacht, als hätte ich den besten Witz des Abends gerissen.

Sie konnte sich gar nicht wieder einkriegen, und ich war schon fast ein wenig beleidigt, da rückte sie doch noch damit raus: „Aber Bär! Du bist so ein Riesenbaby, so liebevoll und fürsorglich und dabei so ein Tolpatsch und urkomisch! Du hast das größte Herz der Welt und jeder mit nur ein bißchen Gefühl im Leib muß dich einfach gern haben!" Ihre Worte gingen mir mittenrein, aber ich fand es schon ein wenig seltsam, daß sie mich so sah, wenn man bedenkt, daß ich mir die meiste Zeit, in der wir uns kannten, ziemlich herzlos vorkam. Ich erwiderte nichts und mußte an meine Mutter denken. Ich war nämlich ein Monsterbaby. Es war eine schwere Geburt, und wenn ich mir vorstelle, daß ich als Riese aus meiner kleinen zierlichen Mutter rausgekommen bin, habe ich ein richtig schlechtes Gewissen wegen all der Schmerzen, die sie gehabt hat.

Es sah danach so aus, als könnte meine Mutter nie wieder Kinder bekommen. Als sie dann doch Jahre später mit den Zwillingen schwanger war, war es für beide, meinen Vater und meine Mutter, eine ziemliche Überraschung.

Mein Bruder Tom lästert immer, die Verhütungsmethode unseres Vaters hätte vor mir im Schwanzeinziehen bestanden, und er und Melle hätten die Tatsache ihrer Existenz nur dem Umstand zu verdanken, daß ich kein schwieriges Kind war, sondern so pflegeleicht. Tom sagt, ich wäre wohl schon mit einer eigenen Nuckelflasche zur Welt gekommen, um niemandem zur Last zu fallen. Ich kann ihn nicht leiden, wenn er so redet.

Meine Freundin meldet sich nicht, aber Mutter grüßt mich weiter von ihr, als wäre nichts gewesen. Ich frage mich, wann sie mit dem Unsinn aufhört. Sie will mir eine Freude machen, also ist es vielleicht keine wirkliche Lüge.

Jessica kommt mit der Situation überhaupt nicht klar, und ich glaube manchmal, sie wünscht sich, sie hätte damals am Telefon doch Schluß gemacht, anstatt sich von mir bequatschen zu lassen. Dann wäre sie jetzt nämlich fein raus und müßte nicht all das mitmachen. Ich werde Jessica einen Brief schreiben und ihr von mir aus anbieten, unsere Beziehung zu beenden. Dann braucht sie sich nicht als Schwein zu fühlen, weil sie mich im Stich läßt und so.

Meine Mutter war die erste, die sie zu mir reinließen. Es dauerte 'ne ganze Weile, aber dann kamen die Vergünstigungen Knall auf Fall. Man veranstaltete einen derartigen Presserummel um mich, daß die mich im Knast nur noch mit Samthandschuhen anfaßten.

Ist schon komisch, je mehr ich draußen zum Monster werde, desto besser behandelt man mich hier drinnen.

Mittlerweile weiß ich, was Krissie damit meinte, als sie sagte, es sei ganz schön viel los. In einer Zeitung stand, ich hätte getötet, um Macht zu demonstrieren. Um mich als Herr über Leben und Sterben zu fühlen. Getötet, um mir die Arbeit zu erleichtern und eine Bewohnerin, deren Betreuung besonders anstrengend war, los zu werden. Ich fürchte, näher werden die der Wahrheit nicht kommen. Aber soviel ist sicher: Wir saugen unsere Macht aus der Ohnmacht der Bewohner.

Müller fragte mich neulich doch glatt, ob ich ihm nicht ein Autogramm geben könnte! Er hat das nicht nur so gesagt, sondern ernst gemeint! Weil ich doch jetzt angeblich zur Prominenz hier in der Stadt gehöre und so wie es aussieht, bestimmt irgendwann mal ein Film über das alles gemacht würde.

Das muß man sich mal reinziehen: Bisher durfte ich meine Unterschrift nur unter Rechnungen oder bei der Arbeit abgeben, also bei all den Sachen, bei denen du draufzahlst, und auf einmal soll sie was Wertvolles sein! Krissie würde einen Tobsuchtsanfall kriegen, wenn sie das wüßte. Ich dachte kurz darüber nach, nicht zu unterschreiben, aber Müller ist immer so nett! Und es tut schließlich keinem weh! Wenn ich ihm damit 'ne Freude machen kann, warum nicht?

Die Psychologin will immer etwas über meine Kindheit erfahren, aber ich weiß gar nicht, was ich da sagen soll? Immerhin hatte ich eine, aber die war nicht schlimm oder so.

Ich habe immer das Gefühl, die Frau möchte so etwas in dieser Richtung von mir hören, aber so sehr ich auch überlege, mir will wirklich beim besten Willen nicht einfallen, daß mein Vater mich geschlagen hätte oder meine Mutter irgendwie fies zu mir war. Auch über meine Geschwister kann ich eigentlich nichts Schlimmes sagen. Sicher, man streitet sich mal, aber da die beiden jünger sind und ich meistens auf sie aufgepaßt habe, war ich eher eine „Respektsperson". Meine Mutter nannte mich immer so, und Tom begrüßt mich noch heute - also bis vor dieser Sache - mit einem Schulterschlag und „Hallo Respektsperson!" Früher fand ich das witzig, aber irgendwie paßt es schon länger nicht mehr zu mir.

Ich überlege und überlege, irgendwie denke ich, wenn ich nicht etwas finde, mit dem die Psychologin zufrieden ist, dann hält sie mich für einen Lügner. Wenn ich sage, daß eigentlich alles prima gewesen sei, guckt sie so seltsam, als würde ich ihr Märchen erzählen. Vielleicht fällt mir ja doch noch etwas ein.

Meine Eltern waren irgendwie schon immer alt. An etwas anderes kann ich mich nicht erinnern. Bei der Geburt der Zwillinge war mein

Vater schon über sechzig. Wir mußten immer viel Rücksicht nehmen, wenn er Mittagsschlaf hielt.

Als Vati starb, war Mutter um die fünfzig und hat nicht wieder geheiratet. Sie ist dann bald ziemlich krank geworden. Das Komische ist, daß ich bis heute nicht weiß, was ihr eigentlich fehlt. Ich sah sie nur immer irgendwelche Tabletten schlucken.

Ich habe ihr so viel geholfen, wie es nur ging. Es war, wie bei den Großeltern aufwachsen.

Mein Vater war ein prima Kerl. Er brauchte zwar viel Ruhe, aber er hat trotzdem viel mit uns gemacht: Spaziergänge, Kuchen backen, Pilze sammeln und so'n Zeug. Er hat uns auch immer Märchen vorgelesen oder Geschichten vom Krieg erzählt. Er war ja lange in Gefangenschaft, nicht bei den Russen, sondern hier, weil er ja anders gedacht hat. Dann ist er irgendwann ausgebrochen, lebte im Untergrund und hat viele Abenteuer erlebt. Davon sprach er häufig. Er war wirklich ein toller Kumpel. Sprüche wie „Solange du deine Füße unter meinen Tisch stellst, ...!" gab es bei uns nicht.

Meine Mutter sagte immer, wir wären echte Traumkinder, wir würden immer machen, was man von uns erwartet, und zwar meistens schon, bevor sie 'was sagen mußte. Besonders über mich und meine Schwester hat sie so geredet, wir sind uns ja sehr ähnlich. Tom war auch nicht wirklich schlimm, aber er hatte immer irgendwie seinen eigenen Kopf. Ich hab' mit ihm viele Scherereien gehabt. Unsere Mutter sagte immer, er komme mehr nach seinem Vater. Der sollte früher auch anders gewesen sein: so ein ganz energischer und aufbrausender Typ, immer in Gange, immer eine Meinung. Im Alter war er dann ruhiger, das lag wohl auch an seiner Krankheit.

Meine Geschwister sind mit der Situation total überfordert. Ein Sender hat deren Adressen rausbekommen, und dann wurden sie belagert. Melle hat, soviel ich weiß, für ein Interview ziemlich viel Kohle erhalten. Tom weigerte sich, auch nur ein Wort dazu zu sagen. Meine Schwester hatte schon immer Schwierigkeiten damit, etwas abzulehnen.

Krissie sagt, der Sender habe ihre Antworten so komisch zusammengeschnitten, daß ich wie ein total Bekloppter rüberkomm'.

Melle und Tom sind mittlerweile so zerstritten, daß sie nicht mehr miteinander reden. Das war schon früher immer so, aber diesmal bin ich nicht da, um die beiden dazu zu bringen, sich wieder zu vertragen. Ich war früher viel mit meinen Geschwistern draußen. Fußballspielen, Kastanien sammeln und so, damit zu Hause Ruhe war.

In der Schule war ich nicht besonders gut, ich bin auch nicht besonders gerne dort hingegangen. Nach der elften blieb ich zu Hause, half meiner Mutter und machte irgendwelche Jobs. Mutti hätte es gerne gesehen, wenn ich zur Post oder zur Bahn gegangen wäre. Vati war da gerade gestorben, und sie konzentrierte sich ziemlich auf mich. Sie sagte zwar nichts, aber immer wenn irgendwelche Arbeitsangebote oder Ausbildungssachen darüber in der Zeitung standen, schnitt sie sie aus und legte sie mir ins Zimmer. Mein erster Blick ging immer zum Nachtschrank, das ist noch von früher so drin, als sie mir vom Einkaufen immer Süßigkeiten mitbrachte und dort hinlegte. Manchmal fand ich auch Geld dort oder andere Dinge. Bedankt habe ich mich bei ihr nie für die Sachen, sie erwartete das nicht. Sie wollte mir eine Freude machen oder so, ohne mich zu etwas zu verpflichten glaube ich. Jedenfalls war das so ein komisches Ritual zwischen uns.

Als das mit den Zeitungsausschnitten anfing, bewarb ich mich auch fleißig überall, ohne ihr etwas davon zu sagen. Jeden Tag, wenn die Post kam, konnte ich es kaum erwarten und freute mich auf den Moment, wenn ich ihr eine Zusage genauso still und heimlich hätte ins Zimmer legen können. Stattdessen kamen aber nur Absagen, und ich fing dann an, am Mittagstisch so ganz beiläufige Bemerkungen zu machen: „Na mal sehen, jetzt müßte ja bald eine Antwort von der und der Stelle kommen!" Sie konnte sich dann wenigstens immer darüber freuen, daß ich etwas mit ihren Zeitungsschnipseln machte.

Einmal bin ich zu einem Vorstellungsgespräch als Busfahrer geladen worden, das war bei den hiesigen Verkehrsbetrieben. Mutti war tagelang aufgeregter als ich. Einmal düste sie einen ganzen Vormittag in der Stadt rum und kam dann abends mit einem edlen Anzug für mich nach Hause. Mir war es richtig peinlich, wenn ich daran dachte, wie teuer das Teil gewesen sein mußte. Der Anzug paßte wie angegossen, und ich erschrak ein wenig darüber, wie piekfein und anders ich aussehen konnte nur durch zwei Kleidungsstücke. Tom lachte sich tot und machte tagelang blöde Witze über mein Aussehen. Aber das machte mir nichts aus, er meinte es nicht wirklich böse. Mein Bruder war schon immer so, der sagte einfach, was ihm im Kopf herumging, ohne vorher darüber nachzudenken, daß er Mutti mit seinem Gerede vielleicht traurig machte. Melle dagegen, die sonst ständig an mir klebte, hielt plötzlich Abstand, fast, als sei ich plötzlich jemand anderes. Jahre später einmal sagte sie mir, daß sie damals Angst gehabt hätte, ich könnte den Anzug anziehen, weggehen und nie mehr wiederkommen. Wie unser Vater. Den hat sie schließlich auch nur einmal im Anzug gesehen und da war er weg, so weg, wie man in den Augen eines Kindes nur weg sein kann.

Zu dem Vorstellungsgespräch waren viele gleichzeitig geladen. Wir mußten Fragebögen ausfüllen und wurden zu Einzelgesprächen vorgeladen. Als dann eine Woche später die Absage kam, wunderte es mich eigentlich nicht. Es waren so viele Leute dort gewesen, daß ich eher überrascht gewesen wäre, wenn die mich genommen hätten.

Ich bewarb mich dann danach zwar noch hier und da, bekam aber nichts. Und um ehrlich zu sein, hatte ich damals auch gar keinen Plan, was mir eigentlich liegt. Erst nach dem Zivildienst war klar, daß Pflege mein Ding ist. Selbst jetzt noch stehe ich auf einer Liste für einen der wenigen bezahlten Ausbildungsplätze, die die Stadt für Altenpfleger einmal im Jahr vergibt. Ich wollte eigentlich so lange, bis ich da rankäme, in Lebensruh jobben. Aber mit der Altenpflege ist es jetzt wohl vorbei.

Der Dienst, der Einsatz, der Krieg ist für mich gelaufen. Ich werde nie wieder die weiße Uniform anlegen und als Soldat gegen das Alter kämpfen. Meine Waffen haben ausgedient, sie hießen Psychopharmaka, Regeln, Sprache und irgendeine Moral. Menschlichkeit kam selten zum Einsatz, sie war zu kostspielig.

Ich habe verloren, viele andere sind noch dabei. Die Gegner wollen sterben, das macht jede Schlacht so schlimm.

Früher hatten wir ein Spiel, da taten wir, als wären wir Leute, die sich zufällig begegnen und sich darüber unterhalten, was sie beruflich so machen. Meine Geschwister waren immer das Gleiche: Melle Lehrerin, und Tom Astronaut. Melle ist heute Krankenschwester, und Tom will Chemie studieren. Ich wollte immer etwas anderes sein, mal Taxifahrer, mal Arzt, mal Maler, mal Automechaniker. Ein Mörder zu sein, davon habe ich nie geträumt.

Draußen knallt tagsüber die Sonne. Es soll der heißeste Sommer seit langem sein, der heißeste des Jahrhunderts, um genau zu sein. Mutti ist sicher ganz begeistert, bei Regen tun ihr nämlich immer die Knochen weh.

Durch die Hitze spielen die Alten im Heim bestimmt total verrückt. Vollmond oder Hitze: da ticken die alle aus, da ist Halligalli!

Nach solchen Nächten sehen die Nachtwachen dann noch fertiger aus als sowieso schon!

Ich hab' 'ne Weile überlegt, ob ich nicht in die Nacht gehe. Es hätte mir gefallen, glaub ich, besonders die Aussicht, kaum noch auf Urth, Maike, Tina oder Sabine zu treffen und endlich Ruhe vor denen zu haben! Das ganze Haus für mich alleine, die Vorstellung fand ich Klasse! Kein Hil mehr, endlich Schweigen. Nachts schlief Frau Schlegel, sie bekam ja genug Zaubertrank.

Mit Jessica hätte es vielleicht Probleme gegeben. Wir hätten uns kaum noch gesehen, aber eigentlich wollte ich es drauf ankommen lassen. Ich mein, dann hätte sie sich eben auch mal nach mir richten müssen, und es wäre nicht immer ich derjenige gewesen, der warten muß.

Als es soweit war, daß nachts 'ne Stelle frei war, hatte Sabine gesagt, sie guckt mal. Irgendwie sind dann aber dauernd Leute zum Probearbeiten gekommen, keiner wurde genommen und dauernd mußten welche von den Tagleuten einspringen. Nur mich hat keiner gefragt. Eigentlich hätte ich da schon schnallen müssen, was los war: Daß die überlegten, meine Probezeit zu verlängern und all das. Aber ich Schaf hab's wieder als Letzter gerafft! Und wenn nicht irgend jemand Krissie gesteckt hätte, was da läuft, hätte ich noch bei dem Krisengespräch, in dem sie mir sagten, die Probezeit sei verlängert worden, gedacht, die woll'n *mir* 'n Gefallen tun. Irgendwie hat Sabine immer so eine Art gehabt, einem die größten Unannehmlichkeiten als riesige Chance zu verkaufen. (Ich bin ja ein bißchen langsam, nicht nur so, auch im Kopf, nicht blöd, aber es dauert eben, bis der Groschen fällt, und ich all die Sachen, die so passieren, klargekriegt habe.

Ich merk' immer nur; irgendwie fühl' ich mich scheiße, und irgendwas haut da nicht hin, aber was genau los ist, weiß ich erst später, wenn ich dazu komme, in Ruhe nachzudenken.)

Ich dachte, wenn ich nachts arbeite, könnte ich der Angst entkommen. Ich dachte, ich könnte das „Hil! Hil! Hil!" zum Schweigen bringen. Ich dachte, meine Freundin würde sich dann vielleicht auch mal nach mir richten.

Jessica konnte es nicht leiden, wenn wir Arm in Arm im Bett lagen. Sie sagte, sie hätte bei meiner Masse Angst, ich würde sie erdrücken. Manchmal ist sie aber trotzdem in meinen Arm eingeschlafen. Ich lag dann immer ganz still und habe mich so wenig wie möglich bewegt, damit sie nicht aufwacht. Es war ein schönes Gefühl, ihren warmen Körper zu spüren, ein sicheres Gefühl, sie atmen zu hören. Ich dachte dann manchmal, daß ich sie immer beschützen will, dabei waren es ihre Wärme und ihr Atem, die mich in der Schwärze der Nacht ans Da-sein erinnerten. Irgendwann, kurz vor dem Tiefschlaf, hat sie sich immer weggedreht, dann kamen die Schlangen und die Rufe der Sterbenden wieder.

Jessica ist Studentin, und wenn ich ehrlich bin, hatte ich eigentlich längst damit gerechnet, daß sie Schluß machen werde. Es war doch so, daß sie mich montags anrief, mir dann erzählte, daß sie am selben Abend arbeiten müsse, dienstags ihre Eltern besuche, mittwochs ein wichtiges Treffen mit ihrem Kneipenkollektiv hätte, donnerstags käme dann irgendein Freund, den sie schon lange nicht mehr gesehen hatte, freitags ginge sie zu irgendeiner Veranstaltung, und samstags müsse sie wieder arbeiten. Schließlich fragte sie, ob ich nicht am Sonntag Zeit hätte und teilte mir noch mit, wie schön das wäre, weil sie ja auch am Montag schon wieder für eine Woche wegfahren würde. So oder so ähnlich liefen die Terminabsprachen immer ab. Meistens war ich ja sowieso zu Hause, aber wenn ich mal etwas vorhatte, verschob ich natürlich alles. An Dienstwochenenden war es schon schwieriger, und Krissie war manchmal ziemlich genervt, wenn ich mit ihr die Dienste absprechen mußte und oft, kaum daß wir etwas ausgemacht hatten, schon wieder tauschen wollte.

Ich ging manchmal in der Woche in die Kneipe, in der Jessica arbeitete. Auch wenn sie keine Schicht hatte, hing sie ja viel da rum. So sahen wir uns auch in der Woche.

Vor unseren Treffen rief sie immer noch einmal an und sagte so etwas wie, sie wolle erst ausschlafen, dann noch Zeit für sich haben und irgendwann abends käme sie dann. Wenn sie schließlich auftauchte, war es immer mindestens eine Stunde später als verabredet. Das war auch so ein Tick von ihr. Sie wollte dann oft noch irgendwohin, mal eben ihre Schwester besuchen, die sie lange nicht mehr gesehen hätte oder mußte dringend noch etwas in der Kneipe vorbeibringen. Und so hingen wir meistens die halbe Nacht irgendwo rum, ohne wirklich miteinander zu reden.

Solche Treffen wie mit Krissie, einfach nur Zusammensein, um zusammen zu sein und zu quatschen, das kam eigentlich gar nicht vor. Ich hatte schon ständig Frust deswegen, aber wenn ich versuchte, mit ihr darüber zu reden, wurde sie meistens sauer und sagte, sie habe nun einmal viele Termine und sei ja selber oft genervt darüber. Ich würde es ihr nicht einfacher machen, wenn ich auch noch deswegen rummaule, statt verständnisvoll zu sein. Sie hatte damit ja auch recht und meistens gab ich mir Mühe, ihr den Frust nicht zu zeigen. Einmal sagte sie, es täte ihr leid für mich, daß ich unzufrieden sei und so, aber das machte es irgendwie noch schlimmer.

Vorwürfe mache ich Jessica keine. Wozu auch. Wir waren fast vier Jahre zusammen, da verliert man wohl das Interesse, da denkt man, alles über den anderen zu wissen und hört irgendwie auf, miteinander zu reden.

Krissie gegenüber sprach ich wenig von Jessica, sie bekam sonst regelmäßig einen Wutanfall. Sie war der Meinung, es sei unglaublich, was ich mir alles gefallen lasse.

Krissie fand, Jessica sei von der Art, wo der Kopf bei den Fingern einen Termin machen müßte, wenn er mal gekratzt werden wollte. Die beiden konnten sich irgendwie nicht leiden, dabei waren sie sich in vielen Dingen ziemlich ähnlich. Nicht äußerlich, aber in der Art, sich dauernd um andere zu kümmern, sich überall einzumischen, immer eine große Klappe, schlaue Ratschläge und all das zu haben.

Jessica kannte die Probleme der meisten Leute, die in die Kneipe kamen. Ich fand es toll, wie sie sich kümmerte, aber oft war ich auch eifersüchtig. Ich rechnete ständig damit, daß sie mit einem anderen loszog. Es war da ja mal was gewesen, das hatte ich zufällig mitgekriegt. Wir hatten nie richtig darüber geredet, sie meinte wieder nur, daß es ihr für mich leid täte, daß ich so darunter leide und daß es schade sei, wenn ich mich deswegen von ihr trennen wolle. Ich hatte die Wahl gehabt, Schluß zu machen oder damit zu leben. So einfach war das und so unmöglich.

Krissie hatte damals gesagt, sie an meiner Stelle wäre durch die Mischung aus Schweigen und Mißtrauen so verunsichert, daß sie ständig mit anderen in die Kiste hüpfen würde. Aber das ist nicht meine Art, ist es noch nie gewesen und wird es nicht sein. Auch ihre Spekulation, für Jessica hätte es längst einen anderen gegeben, kann ich nicht glauben: meine Freundin hätte mich nie mit so einer Lüge leben lassen.

Hier in der Einsamkeit der Zelle denke ich, daß das Ganze doch kompletter Wahnsinn war. Manchmal kann ich mich nicht mehr verstehen und frage mich, wie es dazu kam. Dann dreht sich mir alles im Kopf und ich denke: verdammt, eigentlich hattest du es doch gut. Job, Wohnung und so. Und plötzlich alles futsch! Als nächstes stelle ich mir vor, wie es wäre, wenn ich noch auf dem Todesstern arbeiten würde. Dann erinnere ich mich wieder an Maikes Würgegriff. Daran, daß ich immer kurz vor Dienstbeginn so ein Gefühl hatte, als schnüre mir irgend etwas den Hals zu. Daran, daß da immer diese Panik war, was ich alles falsch gemacht haben könnte. Nach solchen Gedanken war ich einen kleinen Moment lang fast wieder froh, hier drinnen in Sicherheit zu sein. Ich weiß, das darf ich nicht laut sagen, sonst denkt noch jemand, es sei toll im Knast, und das ist es bestimmt nicht, aber besser als in Lebensruh auf alle Fälle.

Ich fühlte mich als Versager: weil die Bambuszwillinge das dauernd durchblicken ließen, und weil ich erst so kurz dabei, aber trotzdem schon so kaputt war. Man konnte nie alles schaffen, nie alles richtig machen. Da war es eher ein Wunder, wenn mal einen Tag lang sich keiner beschwerte.

In den ersten Wochen war ich mir irgendwie wichtig vorgekommen. Ich arbeitete wie ein ausgebildeter Pfleger, obwohl ich ja nur zwei Wochen Schwesternhelferinkurs hatte. Ich dachte, ich wäre nützlich, besonders für die Alten und so. Später, nach Frau Bauers Krampf, war da nur noch diese drückende Last. Irgendwie fehlte ja doch sehr viel Wissen. Statt sicherer zu werden, sah ich eigentlich von Tag zu Tag mehr, was man alles falsch machen konnte. Erdmute, die Gute, sagte immer, im Grunde sind wir mit jedem Tag, den wir hier wieder antanzen, für die Misstände mitverantwortlich.

Krissie und ich nannten Erdmute die Gute, weil sie mit den Alten auf ihrer Station ganz anders umging. Sie behandelte sie als Menschen. Ich weiß auch nicht, aber sie redete mit den Bewohnern, und wenn sie über ihren Wohnbereich sprach, merkte man, sie hat Respekt vor den Alten.

Manchmal spielte sie Flöte. Das ist zwar ein albernes Instrument, aber irgendwie rührte es mich, wenn sie bei Herrn Schell saß und ihm Lieder vorspielte. Es war beruhigend.

Krissie sagte mal: „Die Gute hat Würde und gibt davon jedem ab!" Und das traf es ziemlich gut.

Die Sache mit Frau Bauer war 'n richtiger Hammer. Ich denke nicht gerne daran. Man kann das auch gar nicht erzählen, was da wirklich abgegangen ist.

Ich hatte meine dritte oder vierte Schicht alleine, und soweit war alles glatt gelaufen. Es war Wochenende und irgendwie waren alle krank oder im Urlaub.

Marie war an diesem Tag die Leitende, weil sonst keiner da war. Wenn die Examinierten ausfielen, mußten wir Hilfskräfte noch mehr ran. An manchen Tagen wurde der Laden allein von Aushilfen und von uns geschmissen.

Ich war gerade dabei, Frau Bauer unten herum sauber zu machen, da lief sie blau an. Blut rann ihr aus dem Mund. Ihre Augen flatterten hin und her.

Ich dachte: „Jetzt ist es passiert, jetzt habe ich falsche Medikamente gegeben!" Wir konnten als Hilfskräfte ja nur die richtige Anzahl der Tabletten kontrollieren, und selbst das wurde in der Eile manchmal vergessen.

Meine Gedanken schlugen Purzelbäume. Ich wußte nicht, was ich tun sollte. Dann dachte ich an den Alarmknopf.

Krissie war die erste, die kam. Sie mußte bei Urth auf der Drei nebenan aushelfen.

Kristina starrte Frau Bauer an. Sie war genauso hilflos wie ich. Dann kamen Marie, Annette und Suse.

Marie schrie: „Schnell, einen Arzt!"

Schließlich schickte sie Krissie los, um das Atemgerät, Suse, um den Notfallkoffer zu holen.

Zusammen mit mir drehte sie Frau Bauer auf die Seite.

Die Augen der Alten waren ganz rot geworden, ihr Kopf angeschwollen. Im ganzen Zimmer stank es nach Dünnschiß. Die Mett hatte sich mitten im Krampf entleert. Wir standen blöd rum und konnten nichts machen. Suse tauchte mit dem Notfallkoffer auf. Frau Bauer wurde irgend etwas gespritzt. Krissie kam und kam nicht wieder. Ich dachte, jeden Moment erstickt die Alte. Dann war Kristina auf einmal doch wieder da. Sie schrie, sie könnte das Atemgerät nicht finden. Marie und sie rannten beide weg. Plötzlich standen die Sanitäter im Raum und fragten, wer hier einen Plan hätte. Einen furchtbaren Moment lang sagte keiner von uns etwas. Genau in diesem Augenblick kehrte Marie zurück. Sie wußte zum Glück den medizinischen Befund. Da waren Wörter dabei, die ich noch nie gehört hatte.

Die Rettungssanitäter spritzten Frau Bauer etwas, nur einige Sekunden später wurde die Mett endlich ruhiger. Die Rettungssanitäter warfen sich komische Blicke zu. Der eine meinte: „Ein Beatmungsgerät am Bett zur Sicherheit könnte nicht schaden!"

Marie gestand später, das wäre alles furchtbar peinlich und nicht gut für den Ruf des Hauses gewesen.

Krissie hatte ganz rote Augen, und ich glaube, sie hatte geheult. Sie sagte kleinlaut, daß es furchtbar war, als sie das Atemgerät nicht hatte finden können. Dann meinte sie, gleichzeitig wäre sie fast froh gewesen, daß es Marie auch nicht besser ergangen wäre. Ich wußte was sie meint. Meine dicken Pfoten hatten zuerst den Alarmknopf nicht getroffen, und es war wie im Traum gewesen, wenn man läuft und läuft und nicht von der Stelle kommt.

Krissie meinte, wir seien vielleicht schuld, daß Frau Bauer ihre letzten Hirnzellen verloren hatte, und ich gestand ihr, ich glaubte, die Alte hätte irgendwie wegen mir zu krampfen angefangen. Das war der Moment, wo die Schuld anfing und nicht mehr wegging. Sie wurde meine ständige Begleiterin. Man lief ja ständig Gefahr, gefährlich zu pflegen. Es war ein Faß ohne Boden. Man mußte nur aufpassen, daß es keiner merkte.

Wir wurden später zu einer Erste Hilfe Fortbildung geschickt. Krissie frotzelte: „Prima, wenn Frau Bauer wieder mal einen Krampf hat, können wir sie in die stabile Seitenlage packen! Dann wissen wir ja wie das geht!"

Ich fand das aber erst mal ganz Klasse, etwas anderes zu machen, zwei Tage lang nicht im Heim sein zu müssen.

Die Fortbildung tat gut! Ich mußte erst um sieben aufstehen, und das war wie im Paradies. Es bedeutete eine Nacht ohne Angst, eine

Nacht richtig schlafen zu können. Bewußtlosigkeit kann zum Ersticken führen, eine längere Ohnmacht ist eine Bewußtlosigkeit, Leben vor Gesundheit, GoA bedeutet Geschäftsführung ohne Auftrag, warten bis der Arzt kommt. Das notierte ich mir, das lernten wir, das habe ich bis heute nicht vergessen.

Sonsten gab es nicht viel Neues. Eigentlich hatten alle, die da waren, einen Schwesternhelferkursus und auch schon mal einen Erste Hilfe Kursus gemacht. Krissie sagte: „Die brauchen das für ihr Gewissen! Damit die, wenn mal einer abnippelt sagen könnten, was denn, was denn, ihre Leute seien alle geschult und haben Fortbildungen gemacht!"

An beiden Tagen war klasse Wetter. Obwohl ich fast 'ne Schachtel täglich rauchte, hatte ich da gar keine Lust, dauernd zu qualmen. Es war Winter und wir saßen auf 'ner Bank in so einem Sonnenfleck. Ich genoß das bißchen Wärme auf dem Gesicht, und die anderen machten ihre Späße. Sie sagten, daß ich gar nicht rausdürfe, weil ich nicht rauchte! Krissie verteidigte mich wie immer, sie sagte: „Bär hat Atem-Pause!"

Die Mund zu Mund Beatmung fand ich am besten. Wir hatten so eine ganz neue Puppe. Wenn man kräftig genug blies, leuchtete ein rotes Licht, und eine Klingel summte los. Wir durften das so oft machen, wie wir wollten. Es war beinahe wie auf dem Jahrmarkt, und wir spielten Hau-den-Lukas. Nach zehn Durchgängen hatte ich gewonnen und kriegte von allen irgendwas als Preisgeld. Es zählte alles, was die Leute gerade bei sich hatten. Das Ganze war irre witzig. Nur als wir in der Mittagspause mal anfingen, von den Heimen, in denen wir arbeiteten, zu erzählen, kam irgendwie miese Stimmung auf. Krissie begann, Punkte für die schlechtesten Arbeitsbedingungen zu verteilen, und dann legten alle los. Wie auf so'ner Auktion. Wie man sie aus 'm Fernsehen kennt.

Krissie schrie: „10 Punkte für 2 Leute in einer halben Stunde waschen! Wer bietet mehr?"

Der eine aus dem Probst-Arnold-Heim rief: „Hier ich! 3 Leute!"

Wir dachten schon, er hätte gewonnen, aber die Frau aus dem katholischem Heim setzte noch einen drauf: 3 Leute! Und zwei davon mit PEG-Versorgung. Das war nicht zu toppen. Wir beschlossen dann ehrfürchtig, ihr noch 20 Extrapunkte wegen besonderer Härten zu geben. 10 wegen der PEGs und 10 wegen des nackten Mannes am Kreuz, den sie da dauernd ertragen mußte. Das mit dem nackten Mann war Krissies Idee.

Der Kerl, der das Ganze leitete, war ein junger AiPler. Er ließ uns die Leine lang, und ich hatte das Gefühl, der war auch mal ganz froh, raus aus der Klinik zu sein.

Später fuhr er Krissie und mich noch rum, wir wohnten ja nicht zu weit auseinander. Er sagte, wenn wir denken würden, in den Altersheimen wäre es übel, dann sollten wir mal in ein Krankenhaus reinschnuppern. Dagegen würden wir, was den Streß angeht, im Heim noch 'ne richtig ruhige Kugel schieben. Dann erzählte er, daß er für ungefähr 60 Stunden Dienst in der Woche wesentlich weniger kriegen würde, als wir als Hilfskräfte mit 40 Stunden. Krissie gab ihm 100 Punkte für den heimlichen Sieger, außer Konkurrenz. Sie versprach ihm, Krankenschwester zu werden und den Laden mal richtig aufzumischen, aber ich glaube, sie hat das damals gar nicht so ernst gemeint.

Jessica war nie eifersüchtig. Sie wußte, daß zwischen mir und Krissie nichts lief. Sie wußte, daß wir Kumpel sind, und zwar die besten. 'was anderes wird nie sein. Krissie hat es mir mal gesagt, als wir anfingen, da oben bei ihr auf dem Dach zu hocken. Ich weiß nicht, wir starrten rauf zu den glitzernden Punkten am Nachthimmel und stellten uns Fragen über STAR WARS: Was war Lukes Pflegeonkel von Beruf, und wieviel Lampen brannten über der Müllpresse? So 'n Zeug eben. Das konnten wir stundenlang machen, und zwischendrin quatschten wir auch über das Heim und andere Sachen.

Jedenfalls hat sie dann davon angefangen. Ich weiß noch genau, wir lagen Kopf an Kopf auf dem Dach ihres Mietshauses, jeder mit 'ner Bierdose, dick eingemummelt, denn damals war Winter, und starrten zu den Sternen.

Ich hatte gerade gefragt, wieviel Zacken ein imperialer Enterhaken hat, und dachte an die Szene, wo Luke und Leia über den Graben im ersten Todesstern springen, da kam von Krissie statt einer Antwort: „Hey Bär! Dir ist schon klar, daß aus uns kein Pärchen wird, oder?"

Ich sagte: „Roger, roger commander!" Denn ich bin ja nicht dämlich!

Manchmal hatte ich sie in Verdacht, daß sie immer, wenn sie eine Antwort zu STAR WARS nicht wußte, mit so einem Kram kam. Ich mein, wenn man mal genau überlegt, fing sie ziemlich oft mit ernsten Sachen an. Nicht daß ich 'was dagegen hatte, aber sie hätte schon erst antworten können.

Krissie nannte mich vom ersten Moment an Bär. Sie fing gleichzeitig mit mir in Lebensruh an. Als ich sie das erste Mal sah, dachte ich, sie sei ein durchgeknallter Punk, wegen ihres Aussehens und so, aber dann kriegte ich ziemlich schnell mit, daß da mehr dahintersteckte.

Bei unserer ersten gemeinsamen Schicht sah sie mich von oben bis unten an und meinte dann mit so einer Besserwissermiene: „Angesichts deiner Statur ist es angemessen, dich Bär zu nennen." Und dabei blieb es.

Ich dachte zuerst, sie sei ziemlich komisch, wegen der seltsamen Sachen, die sie manchmal sagte, sie aber schien mich von Anfang an gut leiden zu können.

Frau Schlegel - das war, als sie noch nicht so lange in Lebensruh war und ihre Gedanken noch vollkommen klar waren - hatte einmal gehört, wie Krissie mich Bär nannte. Sie lachte daraufhin und meinte: „Sie sind kein Bär!" Mit so einer komischen Betonung auf jedem Wort. Später, als ich sie badete, hatten wir ein wenig Zeit zum Quatschen, und da erklärte sie mir, daß man, wenn man von einem Stuhl redet, einen bestimmten Stuhl vor sich sieht, also ein Modell, das Allgemeingültigkeit besitzt. Ebenso sei es bei einem Tisch und so weiter. Jemand sagt also Tisch und zack, sieht man vor seinem inneren Auge einen Tisch. (Ich habe das mit Krissie ausprobiert, und es stimmt wirklich.) Dann forderte Frau Schlegel mich auf, ich solle an einen Bär denken, und ich tat es. Sie fragte, was der Unterschied sei zwischen mir und dem, den ich sehe, und ich sagte natürlich, daß ich ein Mensch wäre! Die sollte mich ja nicht für blöd halten oder so. Dann wollte ich ihr die Sache mit dem Spitznamen erklären, aber sie murmelte irgendwas davon, daß, wenn sie Bär sagen würde, ich eben keinen eingesperrten, dressierten Bären vor mir sähe, sondern ja wohl so eine Art Grizzly, und genau da läge der Unterschied: ein Bär im Käfig sei kein Bär, sondern nur Käfiginhalt, mehr nicht! Ich fand das schon ein bißchen verrückt, diese Haarspalterei, aber so war sie damals, irgendwie immer am Denken; da schrie sie noch nicht ständig Hil.

Ich war gerne mit Krissie oben auf dem Dach, die Luft war da so frisch, als wäre sie noch von niemandem vorher benutzt worden. Irgendwie war sogar das Hil dort leiser.

Ein anderes Spiel, das wir gerne gespielt haben da oben, war 'das perfekte Heim'. Dazu gehörte, von der lila Wandfarbe bis zur Form der Becher, von den Beschäftigungsangeboten bis zu den Einstellungsgesprächen alles neu zu planen und zu entwerfen. Krissie war die Heimleiterin und ich der PDL.

Manchmal kam auch Krissies Freundin aufs Dach. Sie war schon ziemlich alt, über dreißig und Buchhändlerin, das heißt, sie sagte oft noch komischeres Zeug als Krissie.

Prisca redet wenig, fast so wenig wie meine Mutter, die spricht auch nur das Notwendigste. Wenn Krissie und ich da oben auf dem Dach waren, dann setzte sie sich manchmal zu uns, nahm Krissies Hand, hörte eine ganze Weile nur zu und fühlte sich wohl mit uns. Irgendwann stand sie dann wieder auf, gab ihrer Freundin noch einen Kuß und verschwand. Als ich das zum ersten Mal erlebte, fand ich es ziemlich seltsam und muß wohl ziemlich verdattert geguckt haben.

Krissie meinte: „Das war Priska!" Als wäre damit alles gesagt, und das war es ja auch irgendwie.

Einmal brachte Priska uns warmen Punsch. Krissie und ich zankten uns gerade, ob die X-Flügeljäger das goldene oder das rote Geschwader waren. Sie saß eine Weile dabei und sah hoch zur mächtigen Schöpfkelle (Krissie hatte gesagt, der große Wagen sähe aus wie eine Schöpfkelle, und ich hatte eingeworfen, aber eine ziemlich mächtige!). Wir hatten dann wieder den Todesstern am Wickel, Frau Schmidt, wie sie immer mehr vertierte und so, da sagte Priska plötzlich: „Wer die Alten liebt, bringt sie um!"

Krissie und ich schwiegen. Ich dachte wieder über das rote und das goldene Geschwader nach und wollte damit weitermachen, aber irgendwie war die Stimmung für diesen Abend hin.

Wir gingen runter, und Krissie fuhr mich nach Hause.

Das „Hil! Hil! Hil!" in meinem Kopf war so laut, daß ich dachte, die ganze Stadt müßte durch den Lärm wach werden.

Als Kristina zum Abschied irgendwie bedrückt: „Schlaf schön!" sagte, mußte ich lachen.

Ich weiß nicht, wann wir begannen, da oben auf dem Dach rumzu-hocken. Nach den Telefonaten kamen erst die Autofahrten. Da-mit fingen wir an dem einem Abend an, als ich so geheult habe. Es ging irgendwie um Jessica. Sie hatte mal wieder keine Zeit gehabt. Bei mir passierte gerade so viel. Tagsüber überschlugen sich die Ereignis-se, und meine Nächte waren die Hölle. Dann kam die Totenwache bei Frau Spitzig, eine ziemlich üble Angelegenheit. Frau Spitzig hatte Panik gehabt, sie hatte nicht sterben wollen, ihr hatte davor gegraut, und sie hatte immer wieder darum gebeten, sie nicht alleine zu lassen. Aber es war niemand da gewesen, der bei ihr hätte sitzen können. Die Arbeit auf den Stationen mußte ja weitergehen. Eigentlich hatte ich Fei-erabend, aber ich blieb dann doch freiwillig länger. Irgendwie hatten die anderen das, glaub' ich, auch erwartet. Mir ist das erst später aufgefal-len. Die haben darüber palavert, daß es wirklich ein Unding sei, daß keiner bei Frau Spitzig säße. Und dann haben alle der Reihe nach ge-sagt, sie würden ja, aber. Als ich dran war, ich würde ja, aber, zu sagen, da fiel mir kein Aber ein. Auf mich wartete nichts. Der Dienst war vor-über, und deshalb sagte ich dann, ich würde es machen. Obwohl ich tierisch Schiß und gar kein Verhältnis zu der Frau gehabt hatte. Ich mein', die war auf einer ganz anderen Station, und ich hatte die höchstens ein paar Mal beim Kaffeeverteilen gesehen. Sie nahm immer Milch mit ein bißchen Kaffee. Und Torte. Wenn es in der Woche nur Brot gab, wollte sie nichts, aber die leckeren Sachen an den Sonntagen, die schmeckten ihr. Trotzdem mußten wir sie überreden, aber das gehörte zum Spiel.

Einer von uns hatte immer anzuklopfen und zu fragen: „Frau Spitzig, möchten Sie heute 'was?"

Sie antwortete dann immer: „Nein danke, sie wissen doch, ich muß auf meine Figur achten!"

Als nächstes kicherte sie und machte eine Handbewegung, als wür-de sie uns einen Ball zuwerfen.

Wir mußten dann sagen: „Der Tod ist die endgültige Diät, bis dahin können Sie noch!" Den Spruch mochte sie am liebsten.

An all das dachte ich, während ich bei ihr im Zimmer saß, inmitten ihrer Möbel und Plüschtiere und Deckchen und mir wie in einer Puppenstube vorkam, in der Tod gespielt wird. Nur daß das Ernst war. Wir konnten nicht einfach aufstehen und etwas anderes spielen.

Ich hielt ihre Hand, und Frau Spitzig sagte immer wieder, sie habe so eine Angst, so eine fürchterliche Angst! Dann weinte sie, und ihre Einsamkeit griff nach mir. Ich saß im Schatten ihres Todes, umarmte die Alte und wünschte mir, stark genug zu sein, um ihr Kraft für den letzten Weg zu geben.

Frau Spitzig hatte immer wieder geschluchzt, sie wolle noch nicht sterben. Sie preßte es heraus, wie eine aus dem eigenen Leben Vertriebene. Ich hätte ihr gerne gesagt, daß alles wieder gut wird, aber es war klar, daß da gar nichts mehr gut werden würde. Das sah sogar ich als Laie. Ihr Bauch schwoll immer mehr an. Man hatte mir gesagt, daß es sich um einen Magendurchbruch handelte. Ein Arzt war schon vor Stunden dagewesen. Er hatte befunden, man könnte im Grunde nichts mehr für Frau Spitzig tun. Warum sie nicht ins Krankenhaus gekommen war, weiß ich nicht mehr genau. Ich glaube, es war so, daß sie es selber nicht gewollt hat. Ihr letzter Wunsch war, auf die natürliche Art zu sterben, nicht auf die klinische. Mit der hätte es auch nur ein paar Tage länger gedauert.

Man muß sich das mal überlegen, ist schon 'ne ziemlich miese Sache: da hast du die Wahl, entweder im Heim mit ein paar vertrauten Sachen um dich herum zu sterben oder im Krankenhaus an Maschinen und Schläuche angeschlossen. Du sollst entscheiden, obwohl dir beides nicht gefällt und du im Grunde eigentlich lieber leben möchtest, aber sorry, diese Möglichkeit haben wir heute nicht im Angebot, schauen Sie doch morgen wieder rein! Was? So lange haben Sie nicht mehr? Schade! Naja, zur Seite, zur Seite, der nächste bitte! Sie wünschen?

Ich hatte ihre Hand gehalten und gesummt. Mir fiel nichts besseres ein. So habe ich es früher immer bei meinen Geschwistern gemacht, wenn die krank waren. Frau Spitzig war nach ein paar Stunden schon ziemlich weggetreten. Dann kam plötzlich Urth herein und sagte, ich könnte jetzt gehen, sie übernähme den Rest. Ich weiß nicht, wo Urth auf einmal herkam, sie hatte keinen Dienst. Aber vielleicht war sie zufällig im Haus, sie wohnt ja nebenan in einer der Dienstwohnungen. Als ich zögerte, den Raum zu verlassen, giftete sie mich an, ob ich bei ihr auch noch Händchen halten wollte. Wir könnten dann ja noch schnell anbauen und auch die anderen alle einladen! So waren ihre Worte, und sie hatte natürlich recht, es war wirklich ein bißchen eng im Raum. Ich weiß auch nicht, wie Frau Spitzig es da ausgehalten hat in diesem kleinen Zimmer, das so vollgestellt war mit all ihren Möbeln. Ich glaube, sie hat wirklich alles von zu Hause mitgenommen. Es war nicht so, daß sie das in Lebensruh wirklich gebraucht hätte, aber irgendwie wollte sie den ganzen Kram um sich haben, wie eine Mauer.

Kurz bevor sie dann so still wurde, sagte sie mir noch, daß es schade wäre, daß wir uns jetzt erst kennengelernt hätten, denn sie hätte mir sonst zu jedem einzelnen Gegenstand im Zimmer ganze Romane erzählen können. Sie sagte wörtlich: jeder Gegenstand hat eine Geschichte.

Als Urth mich dann ablöste, war es als wäre ich im Kino mitten im Film auf Klo gegangen und fände den richtigen Saal nicht mehr, so sehr ich auch suchte und mich beeilte, es gab keine Chance herauszufinden, ob es ein Happy-end gegeben hatte oder nicht.

Ich zog ab, traurig, obwohl es klar war, daß das 'ne ziemliche Schweinerei werden würde, so aufgequollen wie der Bauch der Alten war. Frau Spitzig hätte wirklich jeden Moment platzen können.

Der ganze Mist lief dann raus, als die Leute vom Bestattungsunternehmen kamen und sie einfach zur Seite drehten. Urth hat es lang und breit erzählt am nächsten Tag. Sie hatte ja immer ein Thema, worüber sie laut jammerte, und an dem Morgen war es eben der unfähige Bestattungsunternehmer und die Schweinerei, die sie dann wegmachen mußte.

Als ich aus Frau Spitzigs Zimmer ging, war ich ziemlich geplättet. Zugegeben, zuerst wollte ich ja nicht, aber dann hätte ich es doch gerne mit ihr zusammen durchgestanden. So war es, irgendwie als hätte ich sie mittendrin alleine gelassen. Später zu Hause, war ich völlig hinüber und hätte gerne mit jemandem gesprochen, aber Jessica hatte wenig Sinn dafür und wollte, daß ich mit zu ihren Eltern komme. Als sie dann auf der Fahrt von einem Punkt zum anderem fragte, was los wäre, konnte ich nichts sagen. Mein Hals war so zugeschnürt, daß nur ein paar Worte rauskamen, die irgendwie falsch klangen und sich anfühlten, als ob ich sie ablesen würde.

Wir saßen im Auto vor dem Haus ihrer Eltern und Jessica hörte zu, aber ich hatte das Gefühl, nur so eine Art Inhaltsangabe zu machen und etwas Wichtiges zu vergessen. Als ich sie am nächsten Abend anrief und wieder davon anfing, war sie ziemlich kurz angebunden und meinte, es müsse auch 'mal gut sein, sonst ziehen einen diese Dinge nur runter. Irgendwie hatte sie natürlich recht, das sind Themen, über die man am Tag sprechen sollte, da sind sie weniger furchtbar, und machen weniger einsam. Das Problem war nur, daß man über der Jagd nach Glück und Geld tagsüber nicht dazu kam.

Also rief ich Krissie an. Wir quatschten erst über Videos und STAR WARS, und plötzlich heulte ich nur noch. Da wußte ich, was die ganze Zeit gefehlt hatte. Ich hab' so geflennt, daß ich gar nicht mehr am Telefon sprechen konnte. Ich legte auf, und wenig später klingelte es an der Tür: Krissie stand da mit dem Wagen ihrer Freundin.

Wir fuhren erst nur ziellos herum und standen dann plötzlich vor dem Todesstern. Wir parkten unten bei den Kleingärten, wo man den Wagen nicht sehen konnte und schlichen uns rein. Vor Frau Spitzigs Zimmer hielt Krissie an. Sie sagte: „Los, sieh zu! Ich warte!" und schob mich rein.

Ich hatte gedacht, wir erschrecken eine der Nachtwachen und wußte erst gar nicht, was Krissie von mir wollte. Ziemlich komisch kam ich mir vor im Zimmer einer Toten. Ich fühlte, ich sollte etwas Wichtiges entscheiden, aber wußte nicht, was. All das, was Frau Spitzig in ihren letzten Stunden zu mir gesagt hatte, ging mir durch den Kopf. Ich strich über alle Möbel und schaute versonnen, so wie man ein Fotoalbum ansieht, in Schubladen und Schränke.

„Jeder Gegenstand hat eine Geschichte!" hörte ich das ferne Echo ihrer Stimme. Dann dachte ich daran, daß die meisten Sachen von den Verwandten weggeschmissen werden würden. Das war in den meisten Fällen so, ich hatte das immer wieder erlebt.

Mit einem Mal hatte ich dann ihr Pillendöschen in der Hand. Ich hätte gerne das Foto, mitgenommen, wo sie als kleines Mädchen in einem weißen Kleid schüchtern in die Kamera lächelte, aber ich nahm an, wenn überhaupt etwas behalten werden würde, dann würden es die Fotos sein. Also kam das nicht in Frage. Ich steckte die Dose ein, dann sind wir los. Zum Auto. Und runter zum Strand. Mit dem Wagen ganz runter zum Wasser. Es war ja Winter und dunkel, da kümmerte sich sowieso kaum einer um so etwas. Obwohl die Uhr tickte, weil wir beide Frühdienst hatten am folgenden Morgen, haben wir noch ziemlich lange gequatscht. Es wurde eine dieser Nächte, in denen man ganz genau fühlt, was Freundschaft bedeutet.

Am nächsten Tag hatte Urth ihren Auftritt. Alle bedauerten sie und sagten, wie toll das von ihr gewesen wäre, bei der Sterbenden zu bleiben. Urth erzählte, wie sie sich gefühlt hatte, daß sie geheult hatte und so. Alle trösteten sie, und irgendwie haßte ich sie da noch mehr als sowieso schon.

Dann kam die Sache mit dem gestohlenem Schlüssel. Es hieß, daß den Verwandten beim Durchsehen der Sachen aufgefallen sei, daß der Schlüssel zu Frau Spitzigs Geheimschrank fehlte. Es herrschten den ganzen Tag über große Aufregung und wilde Verdächtigungen. Krissie sah mich während so eines Palavers an, rollte die Augen und versuchte mir irgendwas zu sagen. Urth forderte schließlich, alle sollten die Taschen leeren und vorzeigen, was sie bei sich hatten. Krissie fragte mit komischer Stimme, wozu das gut sein sollte. Urth erwiderte, der Dieb habe ja wohl vor, das Schränkchen irgendwann zu öffnen, also könne man davon ausgehen, daß er - sie sagte wirklich er - den Schlüssel immer noch bei sich hätte. Dann verlangte sie ernsthaft, daß wir alle unsere Jacken vorzeigten. Krissie meinte, wer so blöde Ideen habe, der sollte mit gutem Beispiel vorangehen. Normalerweise hätte von ihr eher so etwas wie keiner-wird-hier-gefilzt, solche-Methoden-sind-Mist und so kommen müssen. Aber die Provokation wirkte: Urth schoß hoch, um ihre Jacke zu holen, und kam dann ohne sie wieder. Säuerlich zischte sie, das wäre wirklich keine gute Idee gewesen, der Schlüssel finde sich schon wieder an.

Am selben Abend holte Krissie mich mit dem Auto ab, und wir fuhren zur Hochbrücke. Dort drückte sie mir die Pillendose in die Hand und ließ mich alleine. Ich stand lange herum und dachte an Frau Spitzig. Es muß ziemlich dämlich ausgesehen haben, wie ein verdammter Selbstmörder, der sich nicht zum großen Sprung entschließen kann. Plötzlich rief Krissie: „Bär, die Bullen!" Ich warf, und wir liefen auf und davon, weil keiner von uns Lust hatte, Erklärungen abzugeben.

Irgendwie war es seit dem Abend so, daß wir immer zusammen rumfuhren. Wenn man etwas zum zweiten Mal gemacht hat, dann ist es schon fast Gewohnheit. Wir fuhren ohne Ziel, immer mal irgendwo haltend, durch die Scheiben glotzend und quatschend, nur so durch die Gegend. Es war wie fernsehen, mit dem Unterschied, daß wir stoppen und beim Programm mitmachen konnten.

Ich habe damals in Frau Spitzigs Dose nicht reingeguckt, weil das wie durchs Schlüsselloch luschern gewesen wäre. Es war ja noch ihre Dose. Ich glaube, ich hätte sie erst nach ein paar Jahren geöffnet, dann wäre es o.k. gewesen.

Es war gut, daß Krissie damals sofort, als sie mitkriegte, daß da 'was im Busch war, das Teil aus meiner Jacke geholt hat. Ihr war irgendwie sofort klar, daß ich die Dose noch seelenruhig mit mir rumschleppte. Woher sie wußte, daß der Schlüssel da drin war, ist mir ein Rätsel, aber Krissie ist ziemlich clever! Die Pillendose hat sie bis zu dem Moment auf der Brücke behalten, von der war ja auch nie die

Rede, von der wußte ja gar keiner außer uns, aber den Schlüssel, den hat Krissie Urth in die Strickjacke, die in ihrem Spind hing, gesteckt. Wir bekamen kurz darauf Schränke zum Abschließen.

Wenn die mich damals erwischt hätten, wäre das ein Trara geworden! Dann würde es heute bestimmt heißen: ER hatte schon vorher alte Leute bestohlen! Erst nahm er Wertsachen, dann ein Leben!

Aber vielleicht, wenn die mich damals gefeuert hätten, vielleicht wäre dann einiges anders gekommen.

Ich hatte immer Schiß vor der Kündigung. Ich wäre, glaub ich, zu ziemlich viel bereit gewesen, nur um die Stelle zu behalten.

Es ist doch so: Erst freust du dich, einen Job zu haben, wegen Selbständigkeit und Kohle, aber später hat der Job dann dich. Mit Haut und Haaren. Da bleibt nur noch die Kohle, und die reicht nie. Wenn einem das klar ist, wird es nur noch schlimmer.

Krissie sagt, als erstes müsse man 'mal Achtung vor sich selber bewahren, sonst sei alles zu spät! Wie man das bei dieser Arbeit machen soll, das erzähl mir mal einer. Es ist ja nicht nur wegen dem, was da dauernd veranstaltet wurde mit den Alten und so, aber man kann ja gar nicht so schnell gucken, wie wieder und wieder Stückchen für Stückchen davon verloren geht. Ständig wurden Grenzen überschritten. Zuerst die eigenen, dann die der Alten. Es wurde ja erwartet, daß wir mehr machten als verlangt, ja mehr als erlaubt. Erst fiel es schwer, dann wurde man hart und gewöhnte sich daran. Wir machten seelenschwer weiter, wie Roboter, nur schlimmer, weil Maschinen keine Gefühle haben, aber wir unsere erst einsperrten, dann töteten.

Achtung ist irgendwie Mangelware auf dem Todesstern. Es gibt nur wenig davon, und um das bißchen prügeln sich alle.

Irgend etwas verändert sich. Ich kann nicht mehr einfach nur den ganzen Tag rumliegen. Schon noch genug, aber da sind immer mal so Momente, in denen ich unruhig werde.

Es fing neulich an, nachdem die Psychologin dagewesen war. Ich lümmelte wie immer auf dem Bett rum, und die Tante hatte wissen wollen, warum ich, wenn es so bedrückend im Heim gewesen wäre, mir nicht einfach 'was anderes gesucht hatte. Da setzte ich mich auf. Sie fragte es wie jemand, der nie arbeitslos war.

„Der Job hat mich kaputt gemacht und zwar so, daß ich mir nichts anderes suchen konnte!" Ich war richtig stolz auf diesen Satz, aber sie sah mich an wie einen Idioten und kritzelte nur wieder auf ihrem Block rum.

Irgendwie habe ich immer schlechtere Laune, wenn die Frau da war.

Sie fragte weiter, ob ich irgend etwas mit rechten Gruppen zu tun hätte, und ich wußte gar nicht, was das sollte. Krissie hat es mir später zwar erklärt, aber ich habe eigentlich trotzdem nicht verstanden, wozu die das wissen wollte. Kristina meinte, daß Gesinnung und Geisteszustand von mir insgesamt gecheckt werden und die in dem Zusammenhang auch abklopfen, was ich über das Leben allgemein denke.

Dann wollte diese Frau wissen, ob ich glaube, daß Frau Schlegel während des Sterbens gelitten hat.

Gelitten? Ich wußte darauf keine Antwort, mir war nicht klar, wann das Sterben begann. Ich benahm mich wie ein richtiger Idiot, zuckte einfach die Schultern und starrte zum Fenster. Dabei war es nicht so, daß ich gar nichts zu sagen gewußt hätte, mir fiel zuviel ein, zuviel jagte durch mein Hirn, ohne hinauszukönnen.

Gelitten? Leidet jemand, der den ganzen Tag um Hilfe ruft? Wahrscheinlich hat sie gelitten. (Kann man das messen?) Sie hat jede Sekunde ihres erbärmlichen Restlebens gelitten. Sie hat dauernd über irgendwelche Schmerzen geklagt. Wir glaubten ihr schon nicht mehr. Außer der Reihe kriegte sie immer nur Placebos. Maike sagte: „Zur Beruhigung!" und grinste immer so fies. Krissie nannte das Verarsche.

Ich sagte: „So weit ich es beurteilen kann, hat Frau Schlegel die ganzen 5 Monate, die sie bei uns war, gelitten!"

Die Psychotante erklärte mir dann, daß es bei ihrer Frage um etwas anderes ginge. Sie wollte meine Meinung darüber hören, ob die Schlegel während des Erstickens gelitten hat.

Frau Schlegel hat bestimmt einen Schreck gekriegt, als ihr klar wurde, daß es jetzt ernst wurde und hat sich aufgebäumt, dachte ich und zuckte wieder die Schultern.

Sie schlug mit den Beinen. Ich habe es nicht gesehen, aber mir immer wieder vorgestellt. So sehr sie auch bei jeder noch so kleinen Berührung sonst über Schmerzen in den Knochen klagte und sich weigerte, ihre Beine zu benutzen, in diesem letzten Moment hat sie heftig gestrampelt. Als hätte ein letzter Sprint sie da noch vor dem Unheil bewahren können. Ich habe es gesehen. Wieder und wieder. In meinem Kopf, hinter den Augen, dort, wo ich Dinge sehe, die sonst keiner wahrnimmt. Sie zappelte wie eine erschöpfte Fliege, die auf dem Rücken liegt und vergeblich versucht, auf die Beine zu kommen. Vielleicht warf sie sich auch hin und her, als wollte sie sich selbst in den Schlaf wiegen und ihre Hacken trommelten ein Solo, ein besonderes Solo, aber es war ja auch die Einleitung zu einem besondereren Schlaf. Ihre Ärmchen, diese zerbrechlichen Stöckchen, hoben sich, und ihre Hände tasteten nach der kalten Hand des Todes, wollten sie wegschieben, aber hatten längst keine Chance mehr. Dann war Ruhe.

Als nächstes fragte die Psycho, ob Frau Schlegel mir leid getan hätte, und ich wußte darauf auch wieder keine Antwort. Ich meine, sie war ständig damit beschäftigt, sich selber leid zu tun und allen auf die Nerven zu gehen. Da kam man nicht wirklich dazu, sie, so wie die anderen, zu bemitleiden.

Weiter wollte sie etwas darüber hören, was ich am Tag darauf beim Dienst empfunden habe, und ich sagte: „Gute Laune!", weil ich mich daran noch sehr gut erinnern konnte.

Ich hatte Spätdienst. Irgendwie war wieder die Hölle los, alle klingelten gleichzeitig und die Zeit raste, so daß man mich bei der Übergabe nur kurz informierte.

Marie sagte: „Frau Schlegel ist gegangen!"

Ich fragte: „In Puschen?"

„Nein."

Da wußte ich, daß sie tot war.

Ich war weder traurig noch überrascht, man nimmt dort ständig Abschied und weiß nie, wer alles noch lebt, wenn man wiederkommt. Stattdessen hatte ich den ganzen Nachmittag so ein komisches Gefühl, ein Gefühl, das mir unbekannt und fremd vorkam. Es dauerte lange, bis ich drauf kam, daß es gute Laune war. Die Stille auf dem Flur tat einfach gut. Natürlich war es nie wirklich still im Heim, aber allein daß dieses nervtötende Geräusch, dieses bohrende, zehrende, zermürbende „Hil! Hil! Hil!" plötzlich wegfiel, das war schon prima. Irgendwie fiel etwas von mir ab, anders kann ich es nicht beschreiben. Etwas ganz tief drinnen, so aus den Eingeweiden war weg, so wie wenn man nach einer langanhaltenden Verstopfung endlich zur Toilette kann. Ich fühlte mich erleichtert, und das hielt auch den ganzen Rest des Nachmittags an. Ich schaffte viel, weil ich nicht dauernd zu Frau Schlegel mußte und bei der Versorgung von Frau Bauer und Frau Gärtner, die mit ihr in einem Zimmer gewesen waren, war endlich Ruhe. Kein Hil in den Gängen, kein Hil im Zimmer, kein Hil im Kopf. Dieses ewige Generve und Geschreie war weg. Das war ein enorm gutes Gefühl!

Wegen der guten Laune hatte ich ein schlechtes Gewissen, aber irgendwie hatte man das dort ständig, da kam es auf ein bißchen mehr oder weniger gar nicht an. Das fiel kaum auf. Ich fühlte mich ständig schuldig. Wegen dem, was ich getan oder gelassen habe, tagtäglich. Aber wenn nicht ich, dann hätte es jemand anderes gemacht. Und wenn ich ehrlich bin, hatte ich zur Übergabe hin, als ich meinen Flur verließ, sogar mal so etwas wie ein gutes Gewissen. Soweit das eben geht, wenn man nie alles schaffen kann. Aber trotzdem war doch 'ne Menge fertig geworden.

Wegen Maike machte ich mir an diesem Abend mal keine Sorgen. Ich stellte mir sogar vor, daß sie mich am nächsten Tag loben würde. Weil ich so viel geschafft hatte. Alle Fingernägel geschnitten, die Schränke aufgefüllt und so.

Später auf dem Heimweg fiel mir dann ein, nein, Maike würde mich nicht loben. So war sie nicht. Die lobte nur, wenn sie damit etwas bezweckte, nicht weil etwas gut lief oder so. Und außerdem würde sie bestimmt der Meinung sein, daß alles, was ich geschafft hatte, schließlich nur das normale Pensum sei.

Maike ist so ein Ordnungsjunkie. Damit mein' ich die äußere, sichtbare Ordnung. Manchmal kam es mir vor, als sei es auf einigen Stationen wichtiger, daß alle Betten bezogen wurden, als ein paar Minuten mit den Bewohnern zu plaudern. Wenn man sich mal mit 'nem Bewohner unterhielt, hieß es gleich, man sei faul und langsam und würde nichts schaffen.

Diese Ordnung war so eine Art Wettbewerb, besonders zwischen den Bambuszwillingen.

Maike mochte ich eigentlich, es war nur schlimm, mit ihr zusammenzuarbeiten. Sie ist wie ein Hai, eine Freßmaschine, die im Wasser patrouilliert, immer auf der Suche nach Schwächen und Fehlern. Schwammst du nicht schnell genug, schnappte sie zu. Dabei war sie privat ziemlich unsicher.

Und Urth? Vor Urth hatte ich Angst. Sie ist ein Wrack. Ein untergegangenes Schiff. Aber von der Sorte, die dicht unter der Oberfläche lauert, um andere auflaufen zu lassen. Dabei ist sie nicht wirklich böse, das habe ich schon lange begriffen. Es ist nur so, irgendwann kriegt das Herz Hornhaut, und alle Tränen sind geweint. Dann beginnst du dich zu verwandeln. Es wächst dir ein Panzer, als würdest du ein blödes Insekt.

(Es ist wie mit den Waschlappen im Haus: die werden jeden Tag benutzt und dann gewaschen, Jahr für Jahr. Und irgendwann sind sie hart wie ein Brett. Dann ist es, als hättest du Schmirgelpapier in der Hand, wenn du die Alten wäschst.)

Ist die Verwandlung abgeschlossen, dringt nichts mehr durch den Panzer. Du mußt funktionieren, aber deine eigene Verzweiflung, die ja noch da ist, bekämpfst du in anderen. Fressen oder gefressen werden. Wenn du das drauf hast, glaubst du, dir geht es besser, dabei ist das der Untergang.

Außer wegen ihrer Brutalität hatte ich vor Urth auch Angst, weil sie früher einmal wie ich gewesen ist. Das hat sie selber gesagt. Und ihre Stimme triefte dabei vor Verachtung.

Auf dem Todesstern ertappte ich mich zuletzt immer häufiger dabei, wie ich mit neuen Leuten, die ich einarbeiten sollte, fast schon so redete wie Urth mit der Welt. Immer den Druck im Nacken und andere nur danach beurteilen, ob sie mithalten können oder nicht.

Zu der Sache mit der guten Laune sagte die Psychologin: „Aha." Mit einer Stimme, die sich ganz normal anhören sollte, aber in Wirklichkeit angeekelt klang.

Ihre Reaktion nach meiner Antwort zu Sterbehilfe kapiere ich einfach auch nicht. Ich sagte, daß doch jeder mal solche Gedanken habe und die Psychotante fragte, welche genau ich meinen würde.

Ich antwortete: „Na eben diese Phasen, in denen alles schief geht und man sich fragt, was das alles soll."

Da hörte sie auf zu schreiben und sah mich an wie das achte Weltwunder oder irgendeine ausgestorbene Spezies. Sie schien zuerst nicht zu begreifen, was ich meinte. Aber schließlich bohrte sie weiter, ob ich oft solche Phasen gehabt hätte, wann zuletzt und so weiter, und mir ist völlig unklar, warum die Tussie so über meine Äußerung abgegangen ist. Ich meine, Schluß zu machen, daran denkt doch jeder mal. Ich wüßte aus dem Stehgreif drei meiner Kollegen, die es tatsächlich schon mal versucht haben, ganz abgesehen von den Depressionen und dem ganzen Mist. Das ist doch schon fast normal und besonders in so einem Heim ständig auf dem Tablett. Ich kann mich an kein Dienstwochenende erinnern, wo wir nicht darüber gesprochen haben.

„Warum am Wochenende?" fragte sie dann auch noch. Kann mir das mal einer erklären? Ich redete über Hölle, Tod und Teufel, und die wollte nur wissen, warum am Wochenende? Also, wenn sie da nicht prüfen wollte, wie schnell ich bei so dämlichen Fragen ausraste, dann weiß ich nicht.

„Irgendwie war die Atmosphäre am Wochenende anders", sagte ich ziemlich perplex. „Es war ruhiger, obwohl es mehr zu tun gab. Ich weiß auch nicht. Wir waren zwar noch weniger, also nur zu fünft während der Schichten, aber alle waren in der gleichen Situation: mehr Streß, aber weniger Druck untereinander. Es waren nur nette Leute in meinem Wochenendturn. Die Bambuszwillinge arbeiteten entgegengesetzt, am anderen Wochenende, da kam man auch mal zum Reden in den Pausen und mußte nicht immer aufpassen. Es lief immer nach demselben Schema: Einer fing an mit den Scheißarbeitsbedingungen, dem unglaublichen Streß und damit, wie wir uns verarschen ließen und immer kaputter gingen. Spätestens wenn dann noch das schlechte Gewissen den Alten gegenüber dazukam, sagte immer irgend jemand: auf jeden Fall später nicht ins Heim! Und als nächstes fiel totsicher das Stichwort Zyankaliclub. Wenn wir dann gerade beschlossen, daß wir alle eintreten wollten, war die Pause um, und der Trott ging weiter."

Die Psycho schrieb und schrieb. Ich sollte ihr dann erklären, was der Zyankaliclub sei. Krissie und die anderen fielen mir ein und irgendwie war mir nicht wohl bei dem Gedanken, daß die ganze Sache groß an die Öffentlichkeit kommen sollte. Also erzählte ich irgendeine Story. Ich meine, keiner von uns hatte jemals nachgeprüft, ob es diese Organisation, die an ihre Mitglieder Zyankali verteilt, wirklich gab. Das war auch nicht wichtig, allein die Möglichkeit zählte, allein daß du während der Pausen, wenn alles zu viel wurde, so tun konntest als ob, half, half für den kleinen Moment, der nötig ist, um aufzustehen und weiterzumachen.

Ich dachte, der Frau müßte bald die Hand weh tun, so viel kritzelte die auf ihrem Papier herum.

Sie war klein und blaß, dürr und unscheinbar. Und soviel älter als ich konnte sie nun auch wieder nicht sein. Wer weiß, vielleicht machte die ihren Job auch noch nicht lange. Vielleicht hatte sie am Anfang ja gedacht, sie könnte da einigen wirklich helfen. Und stattdessen saß ihr nun ihr Chef im Genick und wollte Ergebnisse. Man weiß ja, wie das läuft! Ich hatte auch gedacht, in der Altenpflege ginge es darum, alten Menschen behilflich zu sein und ihnen Gutes zu tun. Daß das nur ganz nebenbei eine Rolle spielt, konnte keiner ahnen.

Vielleicht hatte die Psycho sich ihre Arbeit auch ganz anders vorgestellt, aber da hockt sie mit lauter Leuten zusammen, die ihr nur die Hälfte oder einfach nur Mist erzählen. Aber irgendwie stellte sie eben die falschen Fragen und hatte außerdem Blick und Stimme, als wüßte sie meist schon vorher, was sie schreiben würde, und man bräuchte dann nur noch den Text abzulesen und zu nicken oder so.

Dann fragte sie mich doch glatt noch nach meinen Interessen und Hobbies und außer, daß es klang, als interessiere sie sich tatsächlich dafür, hörte es sich auch an wie ein blödes Kennenlernenspiel. Ich mußte lachen, und sie guckte etwas verunsichert, als hätte sie Angst, ich würde gleich etwas wie „alte Leute umbringen" oder so sagen. Dabei fand ich die ganze Situation nur komisch, weil alles, was früher mal meine Hobbies gewesen waren, jetzt nicht mehr zählte. Ich war mir ziemlich sicher, daß sie nicht so etwas wie aus dem Fenster gucken, träumen, schlafen und auf Post und Besucher warten hören wollte.

„Ich schaue mir gerne die Wolken an."

Als ich das gesagt hatte, war ich selber erstaunt. Ich kam mir nicht etwa blöd vor, sondern hatte einen Heidenspaß, sie noch mehr zu verwirren. Es tat gut Gedanken auszusprechen, und hier drinnen gibt es schließlich wenig Unterhaltung und Spaß. Da muß man sehen, wie man dazu kommt. Und es stimmt ja, ich sehe mir gerne Wolken an. Das erinnert mich an Krissie.

Sie hatte einmal gesagt: „Bär, du bist wie die Wolken, unförmig, schön, irgendwie leicht, aber auch schwer und geballt!"

Sie hatte gelacht, als wäre ihr gerade etwas besonders Gutes eingefallen, und um den Mund bekam sie diese Grübchen, die sie nicht leiden kann, weil jeder ihr erzählt, wie süß das sei. Und dann fügte sie noch hinzu: „Und vor allem immer getrieben, vom Wind oder den Launen anderer Leute!"

Auf dem Weg zum Hofgang brachte Urtherer mich heute an einer Zelle vorbei, aus der ein bekannter Geruch kam. Ich brauchte nicht lange, um dahinter zu kommen, was es war: Auf dem Todesstern roch es immer danach. Es war so eine Mischung aus Verwesung und Angst. Im Heim war die Luft immer zum Erstikken. Essensgerüche, Kot, Urin, Kotze, Desinfektions- und Reinigungsmittel, Schweiß und abgestandene Heizungsluft ergaben dieses unverwechselbare Parfüm des Todes.

Ich fragte Urtherer später, ob das die Zelle des Selbstmörders gewesen sei, und er sah mich mit lauernden, zusammengekniffenen Augen an. Dann meinte er: „Du bist ja ein ganz Schlauer! Ich freu mich schon, wenn du rüber zu den Verurteilten kommst! Da sehen wir uns jeden Tag!"

Der Anwalt sagt, ich solle alles genau aufschreiben, was an dem Abend in dem Zimmer passiert ist. Außerdem will er alles über meine „Ausbildung" wissen. Es ist nur so, daß es da nicht viel zu erzählen gibt. Ich war Zivi in einem Altersheim und kam irgendwann nach Lebensruh. Was ich da alles gemacht hätte, wollte der Anwalt wissen, und ich sagte: „Hauptsächlich spazieren gegangen, Spiele gespielt und mir die Geschichten der Alten angehört!"

Dann fragte er, ob ich denn damals nie mit der Pflege zu tun hatte, und ich sagte: „Nein, es war ja ein Altersheim damals, kein Pflegeheim. Sicher habe ich mal dem einen oder anderen beim Waschen und Anziehen geholfen oder bin den Schwestern zur Hand gegangen, aber nicht so wie in Lebensruh. Das ist eigentlich kaum vergleichbar!"

Wie das beim Vorstellungsgespräch gewesen sei, interessierte ihn auch noch. Ich sagte: „Naja, man redet ja nicht davon, was man alles nicht kann!"

Er fragte, ob Sabine und Ziemke denn nie Zeugnisse, Qualifikationen oder den Pflegehelferschein hätten sehen wollen. Das mit dem Zivi war schon eine Weile her gewesen, und ich hatte denen gegenüber gelogen, als ich behauptete, den Schein zu haben. Es war mir peinlich, dem Anwalt das einzugestehen. Er aber fand es unglaublich, daß die mich überhaupt genommen hatten. Ich versuchte ihm zu erklären, daß der Todesstern damals für meine Stelle dringend jemanden gebraucht hatte. Es ging dort drunter und drüber, und ich war der einzige, der sofort anfangen konnte. Eigentlich hätte ich erst zwei Wochen in Ruhe eingearbeitet werden müssen, aber nach einer Woche war schon Not am Mann, so daß ich da bereits alleine auf Station arbeitete. Das ging irgendwie. Ich meine, natürlich hab ich ganz schön geschwitzt, aber die anderen kamen ja in den ersten zwei Tagen von ihren Stationen zum Helfen.

Als ich so erzählte, schüttelte mein Anwalt immer nur den Kopf, als könnte er gar nicht fassen, was ich da sagte, und ich hatte plötzlich das Gefühl, das Heim verteidigen zu müssen. War es doch so: ich war glücklich gewesen, den Job bekommen zu haben. Ich brauchte dringend Arbeit, eine eigene Wohnung bezahlt sich schließlich nicht von alleine.

Er schimpfte, es sei von der Heimleitung fahrlässig gewesen, Leute wie mich einzustellen. Es klang irgendwie so, als ob ich das Opfer wäre. Bei Urth hörte dieser Satz sich immer nach „Idioten wie dich!" an.

Ich antwortete, daß ich heilfroh gewesen war, genommen worden zu sein, und er meinte: „Ja aber richtiger wäre es gewesen, dir einen gutbezahlten Ausbildungsplatz anzubieten!"

Der Staatsanwalt will auf Vorsatz hinaus. Mein Anwalt auf unschuldig. Er sagt, dann käme im schlimmsten Fall Fahrlässig für mich dabei heraus, das heißt zwei bis drei Jahre. Bei guter Führung und abzüglich der U-Haft kann ich also höchstens mit einem Jahr rechnen.

Frau Schlegel hätte bei guter Pflege noch zwei bis drei Jahre leben können. Schon komisch, wie der Tod eines Menschen plötzlich zur Rechenaufgabe wird.

Auf dem Todesstern rechnete sich das Sterben.

Krissie sagte oft, wenn es um Kosten und Gehälter ging: So lohnt sich der Tod! Ich wußte nur nie, für wen. Uns konnte sie damit nicht gemeint haben.

Mein Anwalt stellt seltsame Fragen. Er will, daß ich gut überlege. Ich würde ihm auch gerne den Gefallen tun, nur weiß ich nicht, worauf er hinaus will. Genau überlegen soll ich, ob es nicht doch ein Unfall oder ein Versehen gewesen wäre. Aber beim besten Willen, ich wüßte nicht, wie aus Versehen das Kissen auf Frau Schlegels Gesicht hätte fallen können. Und das auch noch mehrere Minuten lang, denn es dauert ja, bis so eine Alte erlöst ist.

Also ich weiß wirklich nicht, was der Mann mit Versehen meint, obwohl, wenn ich recht überlege, ist es besonders am Anfang schon mal vorgekommen, daß ich oder Krissie, nicht richtig aufpaßten. Daß wir beim Windeln den einen oder anderen so sehr auf die Seite drehten, daß er mit dem ganzen Gesicht voll im Kissen lag. Besonders Frau Bauer wäre mir da schon beinah mal erstickt. Sie kann ja nicht reden und sich sowieso kaum bewegen, und das bißchen Stöhnen zählt nicht wirklich, wenn man den ganzen Tag Schmerzäußerungen aller Arten zu hören kriegt. Außerdem denkt man, wenn man gerade dabei ist, schwarzgrünlichen Dünnschiß wegzuwischen - jeder Alte hat nämlich seinen eigenen Farbton - wenn man also mit den Händen mittendrin in der Scheiße steckt und versucht, möglichst nicht einzuatmen oder sich selbst zu beschmieren und so schnell wie möglich zu sein, dann denkt man meistens an irgendetwas anderes. An den Tag davor zum Beispiel. Oder an den Feierabend. Oder an die Kollegen. Und da kann es schon mal passieren, daß man nicht gleich merkt, wenn ein Bewohner zu zappeln anfängt. Ich weiß, daß das nicht nur mir passiert ist, sondern Krissie auch. Sie hat es mir erzählt, damals als wir beim Baden Frau Koch beinahe ertränkt hätten, weil uns beiden zu spät auffiel, daß der Kopf der Mett unter Wasser war. Es ist nichts passiert, und Frau Koch kann nicht petzen. Nur wir beide, Kristina genauso wie ich, hatten ganz schön Panik. Ich hielt Frau Kochs Hand. Krissie streichelte ihren Kopf und tröstete die Alte. Jedenfalls hat Krissie mir später erzählt, daß ihr schon manchmal solche Sachen passiert seien. Und natürlich machten wir Witze darüber. Also nicht über Frau Koch, das war zu frisch, aber über die Sachen, die vorbei waren und gut gegangen waren.

Die Vorstellung, im Gerichtssaal neben meinem Anwalt zu sitzen, während er von meiner Unschuld spricht, ist mir irgendwie unangenehm. Ich habe Frau Schlegel getötet, da gibt es nichts drumherumzureden. Ein Kissen, zack, aus! Das war's. So würde ich's dem Richter am liebsten sagen. Ganz einfach: Kissen und fertig! Damit hätte ich kein Problem. Würde meine Stimme zählen, ich würde den Staatsanwalt wählen. Man will ja auch mal seine Ruhe.

Die Psychologin, der Haftrichter und die Leute von der Zeitung, alle wollen wissen, ob ich es noch einmal tun würde. Ich weiß gar nicht, was ich da sagen soll. Ich muß dann immer erst einmal erfragen, was genau. Dann kommen Sätze voller wenns. Wenn ich es gewesen wäre usw. Natürlich sage ich nein, und da sind auch alle mit zufrieden. Der Kerl neulich von der Zeitung, der schien allerdings etwas anderes hören zu wollen. Ich erinnere mich, daß er extra noch mal nachbohrte. Ich hatte da schon viel geredet und war ziemlich müde, jedenfalls sagte ich: „Keine Ahnung" Ich dachte, dann wäre ich ihn los, aber da wurde dieser Omikiller-Mist draus. Markus hat ganz schön getobt. Er sagte, ich solle endlich aufhören, mit der Presse zu quatschen, und das werde ich jetzt auch. Es reicht wirklich.

Krissie meinte, ich müsste mich endlich entscheiden. Von Priska richtete sie mir aus, ich solle aufpassen, daß ich für das richtige bestraft werde. Das ist so ein Satz, bei dem ich meinen dicken Kopf gegen die Wand hauen möchte, damit er ihn versteht. Natürlich mache ich das nicht, das würde nichts bringen.

Müller sagt, ein paar der Leute hier flippen richtig aus, hämmern gegen die Wände, brüllen und toben und so. Nicht nur am ersten Tag, sondern immer wieder. Daß ich nicht so einer sei, behauptet Müller. Er hätte das gleich gesehen. Wahrscheinlich hat Müller recht, aber manchmal irrt er sich auch. Neulich war da einer, den mochte er eigentlich ganz gerne - es war ein Raubmörder, glaube ich - jedenfalls ist der plötzlich auf ihn losgegangen und hat den Wärter verletzt. Müller war nicht drauf gefaßt gewesen. Er sagt, das hätte er dem nicht zugetraut. Der wäre so ein verschreckter, sanfter. Müller hat mir die Narbe am Bein gezeigt, sie sah finster aus.

Überhaupt hat der Mann viele von den Dingern. Er nennt sie seine Dienstjahresringe oder manchmal auch Dienstorden, je nach Form. Nach und nach zeigt er mir alle. Der am Bein war für „Tapferkeit vor dem Feind". Neulich hat er mir „die Auszeichnung für Intelligenz" gezeigt. Die hätte er wegen eines Politischen.

Müller sagt, am schlimmsten seien die Politischen. Mit denen könne man nicht mal reden. Heute gebe es die ja kaum noch, aber früher hätten die im Knast ganz schön für Ärger gesorgt.

Den Orden für Intelligenz trägt er am Kopf. Die Narbe sieht aus wie ein dicker roter Wurm.

Zu viert hatten sie einen festhalten wollen, da ist er gegen irgendwas geflogen, und Müller fiel mit ihm. Er sagt, es hätte nicht mal geblutet, aber den Schädel konnte man sehen und das Hirn.

Ich war baff und antwortete: „Seitdem weißt du jedenfalls, daß du eins hast!"

Ich konnte Müller am Anfang nicht leiden. Er hatte den gleichen Nachnamen wie Urth, und die Vorstellung, von einem aus ihrer Familie hier betreut zu werden, machte mich nervös. Irgendwann erzählte er mir aber, daß er eigentlich ganz anders hieße, Czybrezckinsky oder so, aber seine Kollegen hatten eines Tages angefangen, ihn Müller zu nennen, weil das einfacher war.

Mein Vorgänger auf der Zwei war von den Bambuszwillingen gemobbt worden, weil er nicht schnell genug gewesen war. Offiziell lautete die Begründung: gefährliche Pflege. Das sagten sie immer, wenn ihnen einer nicht paßte. Auch wenn ich ihn nicht kannte, hörte ich immer brühwarme Gerüchte darüber, wie er sich an seinem neuen Arbeitsplatz anstellte. Seine neue Pflegedienstleitung war nämlich eine ehemalige Ausbilderin von Maike. Die beiden trafen sich hin und wieder. Dann wurde natürlich über ihn hergezogen, man kennt das ja. Ich konnte mir gut vorstellen, daß der Typ sich ziemlich mies fühlen würde, wenn er mitkriegte, daß die Bambuszwillinge immer noch Einfluß auf sein Leben hatten!

Es beruhigte mich ein bißchen, daß Müller Czybrezckinsky heißt, aber nicht wirklich, weil ich da schon den Gedanken gehabt hatte, daß es blöde Zufälle gibt. Man merkt ja nicht unbedingt immer gleich am Namen, wer mit wem verwandt ist.

Nachmittags kam Markus extra noch mal wieder und fragte mich, ob ich mich bei Frau Schlegels Verwandten entschuldigen wollte. Ich wußte erst gar nicht warum. Als ich zögerte, erklärte er mir, daß das für seine Verteidigung auf alle Fälle wichtig sei. Also werde ich diesen Brief schreiben, obwohl ich noch nicht weiß, was in so einem Fall erwartet wird.

Nur eines ist klar: ich bin schuldig. Ich weiß auch nicht, was es da viel zu palavern gibt. Kristina redet immer vom System, und das bringt mich ganz durcheinander. Nach ihrem Besuch neulich war jemand von der Zeitung da, und ihr Gerede war wohl der Grund, warum ich dann solche Sachen von mir gab.

Der Journalist hat viel mitgeschrieben, und ich dachte, der interessiert sich wirklich für das, was ich sage. Dabei hätte ich es besser wissen können.

Die Überschrift von seinem Artikel lautete dann „Omikiller gibt uns allen die Schuld". Von mir sprach er als Monsterpfleger, der behaupte, das System habe der Alten das Kissen aufs Gesicht gedrückt. Dabei habe ich nur zu erklären versucht, daß uns im Alltag irgendwie ja auch keine andere Wahl blieb, als Gewalt anzuwenden. Der Zeitplan bestimmte die Art und Weise, wie wir arbeiteten.

Krissie sagte immer: „Um die Zustände in Heimen zu benennen, muß man fluchen. Wir stehlen den alten Menschen erst ihre Würde und töten dann ihren Willen!"

Natürlich wurde keiner von uns gezwungen, die Spritze bei der Eßhilfe anzuwenden oder die Alten mit Bedarfsmedikation abzuschießen; wir hätten nein sagen können, aber wir wußten es nicht besser.

In der Teeküche hing das Motto des Heimes am schwarzen Brett:

Pflegen heißt, mit Kopf, Herz und Hand,
also verstehend, liebend und handelnd,
sich um andere zu kümmern.

Der Satz stand auch in dem Hochglanzprospekt von Lebensruh. Aber in Wirklichkeit galt auf dem Todesstern: Jeder gegen jeden, gemeinsam gegen die Alten, und die Zeit gegen uns alle. Das kriegte man mit, das wußte man, man durfte es nur nicht zugeben.

Birgit, die solche Sachen nicht mitgemacht hat, mußte zwar kündigen, aber dazu hat sie keiner gezwungen. Keiner hat gesagt: „Hey, wenn du nicht morgen deine Kündigung einreichst, erschießen wir dich!"

Ich hab' Birgit bewundert. Die hat sich die Freiheit genommen zu sagen, was sie denkt. Ich war ja froh, den Job zu haben. Endlich mal 'was Festes mit Krankenversicherung und so: Da war man doch bereit, vieles in Kauf zu nehmen. Aber Birgit, nein, die hat ihre Meinung gesagt und bestimmte Sachen, wie mit der Spritze zu arbeiten, Leute zu etwas zwingen und dergleichen einfach nicht gemacht. Selbst Erdmute, die Gute, und Krissie hielten sich ja letzten Endes an die Regeln, aber Birgit hat sich einfach nicht um den Zeitplan gekümmert. Was sie nicht schaffte bis zur Übergabe, schaffte sie eben nicht. Die Alten liebten sie. Auch weil sie nie drängelte, hetzte oder schimpfte. Das Resultat war, daß ihre Ablösung all das wieder aufholen mußte, was sie nicht erledigt hatte. Maike züngelte und Urth spuckte Gift. Birgit war dann zum Schluß fast nur noch krank. Ich will nicht sagen, daß irgend jemand absichtlich blau macht, aber so häufig wie sie gefehlt hat, war klar, daß Leute wie die Bambuszwillinge sich das nicht gefallen lassen würden. Damit hatte Birgit sie am Hals. Als sie kündigte, tat sie es wegen den beiden.

Ich selber war auch ziemlich viel krank. Zuerst nicht, aber später schon. Mir kam es nicht so viel vor, aber Urth und Maike haben einmal meine Krankheitstage ausgerechnet, und da kam schon eine Menge zusammen. Irgend jemand hat es mir gesteckt. Maike soll „Viel!" gesagt haben und Urth „Zu viel!"

Krissie war stinkwütend darüber, daß die beiden Nattern sich an den Dienstplänen zu schaffen gemacht hatten und sich in Sachen einmischten, die sie nichts angingen. Zu mir sagte sie: „Sollen die doch froh sein, daß die Leute krank werden! Es gibt ja nur die beiden Möglichkeiten: krank werden oder rebellieren!"

Ich hustete viel, und nach der Arbeit war ich immer ganz atemlos. Ich hatte oft Bronchitis, und der Arzt sagte, meine Atemwege seien chronisch angegriffen. Darüber war ich froh, weil ich schon Angst gehabt hatte, Asthma zu kriegen. Wegen der Kopfschmerzen, Verspannungen, Schlafstörungen, Gelenk- und Rückenschmerzen verschrieb er mir eine Menge Tabletten und empfahl mir Bewegung. Krissie sagte, eine Atempause, ein gelber Schein über sechs Wochen, wäre nützlicher gewesen. Die Schmerzen blieben zwar, aber die Schlaftabletten halfen. Allerdings habe ich dann ein paar Mal verpennt. Sie waren zwar gut gegen die Schlangen, aber nicht gegen die dicke Luft auf dem Todesstern.

Hier in der Zelle sind die Schlangen noch nie gewesen, hier haben sie mich noch nicht gefunden. Aber ich habe so'ne Ahnung, als hätte der Typ, der sich da unten erhängt hat, sie trotz der Beleuchtung gesehen.

Gestern war so ein Kirchentyp da. Er trug Jeans und einen rot-blau-grünen Pullover. Er sprach lange über Vergebung, und daß ich darum bitten müßte. Ich hätte ihm gerne den Gefallen getan, aber ich wußte nicht, bei wem.

Der Mann gab sich unheimlich locker und offen. Mit seiner Art und dem Regenbogenpullover wirkte er in der Zelle ziemlich fehl am Platz. Ungefähr so, wie ein Buntspecht im Käfig.

Obwohl der Mann viel älter war als ich, hatte er so ein glattes Gesicht, als würde er nie die Stirn runzeln, lachen oder sich Sorgen machen. Ich konnte ihn vom ersten Moment an nicht leiden.

Der Glatte rückte sich den Stuhl vom Tisch und saß so relaxed da, daß ich mich wunderte: Der Nagel schien ihm nichts auszumachen, aber vielleicht spürt man ihn während eines Besuches nicht, sondern nur, wenn man ständig darauf sitzt. Der Kirchenmensch redete und trommelte manchmal, wenn er eine Pause machte, mit den Fingern auf dem Tisch. Ich mußte an dieses Kinderspiel denken: „Alle Schuldigen fliegen hoch...!"

Ich hockte auf dem Bett und rührte mich nicht. Ich wollte nachdenken, aber das Denken fiel mir immer schon schwer, wenn jemand dabei war und eine Antwort erwartete. Ich glaube nicht an Gott, aber wenn ich ehrlich bin, habe ich noch nie wirklich darüber nachgedacht. Jedenfalls, an einen alten Mann mit Bart und so kann ich nicht glauben.

Als Herr Fischer ins Heim kam, sah er genauso aus, wie man den Allmächtigen immer abgebildet sieht: langer weißer Bart, buschige Augenbrauen, durchdringender Blick und insgesamt eine bemerkenswerte Erscheinung. Als erstes nahmen wir ihm den Bart ab. Er wollte das nicht, aber seine Kinder waren einverstanden. Da er sich nicht mehr alleine rasieren konnte, hatte er keine Wahl.

Mein Vater hatte immer eine enorme Wut auf die Kirche gehabt. „Nur Pharisäer stehen in deren Dienst!" hatte er gesagt. „Es bleiben nur deswegen so viele bei der Stange, weil die Religiösen die Einzigen sind, die Krücken für Sterben und Tod besitzen!"

Vielleicht hatte er recht gehabt, ich weiß es nicht, aber mein Vater war ein sehr kluger Mann, und eigentlich waren mir bisher alle Religiösen immer sehr suspekt gewesen.

Mein Besucher rieb sich die Hände. Er fragte: „Möchtest du nicht mit mir sprechen, Matthias?"

Ich zuckte die Schultern. Jetzt sah er wie ein Mensch aus, aber an Sonntagen auf der Kanzel trug er sicher Fledermausflügel, und das erinnerte mich an Lebensruh.

Der Todesstern ist eine kirchliche Einrichtung. An Sonntagen nicht, aber an Feiertagen kam immer eine Fledermaus ins Haus. Den Gottesdienst hielt der Pastor im großen Eßsaal ab. Für alle, die nicht hinunterkonnten, wurde die Predigt durch Lautsprecher übertragen. Jedes Zimmer und sogar die Flure hatten einen.

Von unserer Station gingen Frau Köscher, Frau Reinemaker und Frau Zugehsen hinunter. Die drei nahmen an jeder Veranstaltung teil, weil das eine Abwechslung bedeutete. Frau Bauer und Frau Schmidt kriegten nichts mit, und Frau Schneider schlief wie immer. Für alle anderen war es die Hölle. Frau Schlegel schrie während der ganzen Zeit: „Nicht-so-lau-aut! Ich-kann-das-nicht-er-tra-gen!" Herr Fischer wollte immer gleich nach Beginn des Gottesdienstes zur Toilette gebracht werden, und Frau Amann pöbelte und wollte ihre Kopfhörer für das Fernsehgerät haben. Alle anderen heulten oder hörten berauscht zu.

Einmal saß ich im Tagesraum unserer Station und gab Frau Gärtner Trinkhilfe. Mulischka saß uns gegenüber und döste. Sobald der Lautsprecher knackte und die ersten Worte herauskamen, schreckte sie auf. Die Frau sah sich verwirrt um und begann dann zu lachen. Während der gesamten Rede benahm sie sich wie ein Papagei, sprach einzelne Worte sehr laut nach oder warf ihre üblichen Eigenschöpfungen ein. Manchmal klatschte sie auch in die Hände, gackerte wie ein Huhn oder gab Laute von sich, die wie die eines Kleinkindes klangen, das noch nicht sprechen gelernt hat. Sie strahlte und sprühte dabei wie fast immer vor Lebensfreude.

Wie sie so dasaß in der verglasten Wohnstube und diesen Heidenlärm veranstaltete, erinnerte sie mich an Jessicas Wellensittich, der die meiste Zeit still und einsam auf seiner Stange saß, bis er Stimmen hörte. Dann trillerte und tschiepte er wie ein Wahnsinniger.

Ich wurde nervös, weil sich eine dieser Situationen ankündigte, in denen zehn Dinge gleichzeitig von uns verlangt wurden. Aus Frau Amanns Zimmer dröhnte laut der Fernseher, und über der Toilette, in der Herr Fischer saß, brannte die rote Lampe. Frau Gärtner trank nur sehr langsam, ich mußte sie mehr oder weniger zwingen. Ihr kaputter Arm hing schlaff herunter. Sie war schlecht rasiert, und ich überlegte, wann ich es schaffen könnte, an diesem Tag noch mit dem Rasierer herumzugehen.

Auf dem Teppich waren viele Flecke. Man durfte Frau Gärtner nicht selber trinken lassen, weil ihr linker Arm so geschwächt war, daß sie alles fallenließ. Wir taten es trotzdem manchmal, weil meistens keine Zeit für Trinkhilfen war.

Plötzlich stand Frau Lexi im Raum. Sie war eine Bewohnerin der Vierten und gehörte zu den Läufern, zur Kategoerie der Zweiräder. Außerdem war Frau Lexi eine Blenderin. Sie konnte klar reden, doch ihr Verstand war trüb. Den ganzen Tag schopperte sie mit ihrem Gehwagen durch die Flure und suchte den Ausgang. Wenn sie auf Besucher stieß, fragte sie: „Können Sie mir sagen, wo der Ausweg ist?" Die meisten brachten sie dann zum Fahrstuhl oder zur Außentür, und wir mußten höllisch aufpassen, daß sie nicht plötzlich in Puschen auf und davon war.

Frau Lexis Gesicht war stets gespannt und beunruhigt von tausend verwirrten kleinen Sorgen. Sie hatte den verzweifelten Blick eines Menschen, der sich nicht mehr zurechtfindet und der das auch begreift.

Wenn der Pastor sprach, irrte sie durch die Gänge und suchte nach der Stimme aus dem Lautsprecher. Dabei machte sie weder vor anderen Stationen noch vor den Zimmern der Bewohner halt. Als sie da plötzlich vor uns stand, schaute sie mit ihren irren Augen von einem zum anderen. An meinem Liebling, Sonnenschein-Mulke, der glücklichen Alten, blieb ihr Blick haften. Frau Lexi beugte sich vor, sah Mulischka an: „Haben sie Gott gesehen?"

„Ei, ei!" antwortete die andere und zeigte diffus in die Richtung des Fernsehers.

Frau Lexi schlurfte dorthin, parkte ihren Gehwagen und griff nach der Fernbedienung. Sie führte sie zum Ohr und sagte: „Ja, hallo? Hier Lexi!"

Bei der Erinnerung an diese Szene mußte ich schmunzeln. Was denn nun sei, wollte der Kirchenmann wissen und trommelte. Er habe auch noch andere Sachen zu tun, und es gebe hier hier schließlich viele Leute, die sich über ein Gespräch freuen würden. Seine Stimme klang gereizt. Ich dachte: „Alle Heuchler fliegen hoch!"

Ganz plötzlich stand mein Besucher auf, und beinah hätte ich etwas gesagt, damit er nicht mehr sauer auf mich war, aber da meinte er: „Wer nicht will, der hat schon!", kramte seine Sachen zusammen, stellte den Stuhl wieder an seinen Platz und legte eine kleine Broschüre auf den Tisch. Er schien nicht genervt, auch nicht wirklich enttäuscht zu sein, sondern wirkte, als habe er gerade für etwas, was er schon lange vermutet hatte, die Bestätigung erhalten. Irgendwie erwartet man vielleicht von Häftlingen verstocktes Verhalten. Ich kam mir wirklich wie einer der Alten vom Todesstern vor. Wäre ich fünfzig Jahre älter gewesen, hätte der Mann mich wahrscheinlich für senil gehalten.

Bevor er ging, redete er noch einmal von Vergebung, aber ich hörte nicht zu, weil ich an die letzte Weihnachtsfeier in Lebensruh denken mußte.

Nachmittags sollten immer alle runterkarren, die nicht gerade im Sterben lagen. Bis zum Beginn des Gottesdienstes herrschte ein Heidenspektakel, weil der Pastor, wie schon die beiden Jahre davor, zu spät eintraf. Irgendwie bekam seine Frau ständig an diesem Tag ein Kind. Krissie hatte gesagt, der sei eben ein ganz Gläubiger: Zur Auferstehung würde sich bei dem im der Hose auch etwas regen, und zu Christi Geburt hätte seine Frau dann die Bescherung.

Als er kam, waren die meisten unserer Bewohner eingeschlafen oder so gelangweilt, daß sie die Bremsen ihrer Rollstühle lösten und auf und davon fuhren. Sobald er die Gemeinde begrüßte, begannen die Zwischenrufe aller derjenigen, die geblieben waren. Irgendjemand rief: „Ich muß mal!" Und Frau Köscher sagte nach den ersten Minuten: „Gibt's bald Kaffee?" Gesungen wurden ungefähr fünfunddreißig verschiedene Lieder und zwar gleichzeitig. Sonnenschein-Mulke rief nach jedem hohen Ton: „Ju-huu!" Beim Segen begann Annemarie zu weinen, beim Vaterunser fraß mein Liebling die Tischdecke auf.

Als ich daran dachte, mußte ich laut auflachen.

Der Kirchenmann schüttelte den Kopf, als er meine Zelle verließ, und murmelte: „Möge Gott dir vergeben, mein Sohn!"

Er wirkte urkomisch, Kristina hätte sich kaputtgelacht.

Wenn ich daran denke, woran ich glaube, dann fällt mir immer nur Krissie ein.

Als es passierte, war Krissie im Urlaub.

Ich erinnere mich noch genau an das letzte Mal, als wir oben auf dem Dach waren. Es war zu warm für eine Winternacht, und wir trugen unsere Jacken eigentlich nur als Schutz vor dem Regen. Es war meine Frühdienstwoche, und in mir tickte es. Wir saßen auf Isomatten gegen den Schornstein gelehnt und rauchten. Krissie hatte einen harten Dienst hinter sich und sprach von dem Streß während der Spätschicht. Sie sagte: „Der Kopf vergißt schnell, woran es im Einzelnen gelegen hat, aber der Körper speichert den Streß und erinnert dich immer wieder an dieses Gefühl, das wie hundert Ameisen ist, die durch deine Blutbahnen wimmeln. Du rennst auf einem rasenden Laufband gegen die Uhr, aber es geht lange nicht mehr darum, voranzukommen, sondern darum, nicht zu stürzen. Jede hilfesuchende Hand, die sich nach einem ausstreckt, könnte der Anstoß sein, aus dem Gleichgewicht zu geraten."

Krissie schwieg, und auf einmal merkte ich, daß sie weinte. Erschrocken berührte ich ihren Arm und fragte: „Ach, du meine Güte! Was ist denn los?"

111

Sie konnte nicht sprechen, ihr ganzer Körper bebte. Krissie sah so verzweifelt aus, und da traute ich mich, sie in den Arm zu nehmen.

Eine Weile saßen wir einfach nur so da, dann machte sie sich los und sagte: „Ich hab das Gefühl, wir verwandeln uns zu KZ-Wärtern! Ich will nicht die Alten mit den Häftlingen vergleichen, aber uns mit denen, die zugesehen und mitgemacht haben. Wir sind längst Handlanger der Unmenschlichkeit!"

Ich kramte in meinen Taschen nach etwas zum Schneuzen, fand aber nur ein Dutzend der ewigen Latexhandschuhe, die wir komischerweise immer bei uns trugen. Man stopfte sie sich bei den Versorgungsrunden in die Hose und irgendwie landeten sie erst zu Hause und dann überall. Es war wie mit Pfennigen, die gehören eigentlich ins Portemonnaie, waren aber auch überall. Manchmal war das aber auch ganz praktisch.

Ich reichte Krissie fünf Gummifinger. Sie putzte sich damit die Nase, stand auf und ging zum Rand des Daches. Der Teerbelag war glitschig, und ich machte mir Sorgen. Mit furchtbar weichen Knien trat ich hinter sie. Irgendwo heulte ein Krankenwagen auf. Krissies Blick war merkwürdig starr, ihre Stimme schien aus der Tiefe zu kommen.

„Bär, heute ist etwas passiert... . Es war soviel Streß... . Ich sollte noch Frau Mulke duschen, also beeilte ich mich, alle anderen vorher fertig zu machen. Als ich Frau Gärtner auf Klo setzen wollte, wäre sie mir beinah aus dem Arm geglitten. Ich packte fest zu, vielleicht fester als nötig. Ich hatte so eine Wut über ihre Passivität. Du weißt, sie kann kaum noch stehen, und es ist schwer, sie zu halten und ihr gleichzeitig Rock, Strumpfhose, Unterhose und Vorlage herunterzufummeln.

Als ich sie aufs Klo fallen ließ, lachte Frau Gärtner hart auf. Sie sagte, sie mußte gerade daran denken, daß sie früher Hebammengehilfin gewesen sei und vielleicht mitgeholfen hätte, einige der Leute, die sie heute so grob und hartherzig behandeln, mit auf die Welt zu bringen. Sie sprach mit einer monotonen, emotionslosen Stimme wie ein Mensch, der sich abgewöhnt hatte, viel zu empfinden. Du

112

weißt, sie ist hart im Nehmen und gehört nicht zu denen, die sich beschweren.

Es traf mich mitten rein, ging voll durch den Schutzschild. Mir sackten die Beine weg, und ich fiel direkt in den Rollstuhl hinter mir. In der engen Toilette saßen wir uns gegenüber: sie auf dem Klo mit runtergelassener Hose, ich in ihrem Rollstuhl, ganz in Weiß, wie der gottverdammte Engel der Perestaltik.

Ich hielt ihre Hand, die gefühlose, die, in der die Nerven durchtrennt waren, die, mit der sie stundenlang irgendwo eingeklemmt dagesessen hatte. Ich hielt sie und heulte. Um mich, für sie. Heulte wegen all der Hilflosigkeit und Brutalität, die um uns war."

Ein Taxi schoß über das Kopfsteinpflaster und hielt laut hupend direkt unter uns. Krissie sah die Häuserschlucht hinunter.

Ich dachte, es müßte ein Mond da sein, ein heller, runder, verrückt machender Mond, einer, der die Leute dazu bringt, aus ihrem üblichen Benehmen auszubrechen, auszubrechen aus den Zwängen. Aber es war keiner da, zumindest nicht sichtbar. Er war versteckt hinter Wolken.

Nachdem Frau Gärtner zu Hause einmal gefallen war, kam sie nach Lebensruh. Sie wohnte in einem Zimmer mit Frau Bauer und Frau Schlegel. Die erste Zeit war sie ständig mit langsamen kleinen Schritten würdevoll trippelnd von ihrem Zimmer bis zum Tagesraum gewandert. Da saß sie dann, ruhte sich etwas aus und trippelte schließlich wieder zurück. Um sie vor dem Fallen zu schützen, ordnete Maike im Einvernehmen mit einem Arzt Dämpfer an. Die meisten Ärzte sind ja gerontopsychiatrische Nullen.

Krissie hatte damals dazu gesagt: „Um uns vor ihrem Fallen zu schützen, bekommt eine Frau, die nichts als ihren Willen gehabt hat, Psychopharmaka!"

Man geht irgendwie stillschweigend davon aus, daß es besser ist, ein Psychopharmakon zu geben. Da wird der Körper ruhiggestellt, und die Pflegekasse zahlt. Die innere Unruhe, die dadurch entsteht, interessiert keinen. Die kostet nur die Nerven des Personals. Ohne seditative Mittel würde so ein BW den ganzen Tag rumlaufen. Das Pflegegeld für jemanden, der körperlich noch alles könnte, aber geistig verwirrt ist, ist gleich null, obwohl er weit mehr Betreuung braucht als ein bettlägeriger Körper.

Frau Gärtner reagierte auf die Medikamente mit völliger Verwirrung. Ihr Geist trieb davon und hinterließ ein schwachsinniges Stück Fleisch. Nach einer Woche wurden die Medikation verändert, und die Alte kam wieder, allerdings nie mehr vollständig. Dieser Ausflug hatte sie viel Kraft gekostet. Gehen konnte sie fortan gar nicht mehr, und die Verwirrtheitszustände kamen in Schüben zurück. In den Pflegenachweis trugen wir daraufhin Geh- und Gedächtnisübungen ein.

„Dabei war Frau Gärtner der Ansicht, sie könne sich im Grunde noch nicht einmal beklagen", fuhr Krissie fort, „weil sie schließlich nach Hebammengehilfin später auch Schwesternhelferin war. Aber jetzt, wo sie am eigenen Leib erfahren müsse, wie es sich anfühle, hilflos zu sein, jetzt täte es ihr um jeden harten Griff, um jedes böse Wort und jedes „keine Zeit, keine Zeit" leid.

Und dann sprach sie von ihrem Leben. Unerbittlich zum Reden entschlossen. Ohne Punkt und Komma. Ohne Luft zu holen, so als wollte sie meinen schwachen Moment nutzen, um sich alles einmal von der Seele zu reden, so, als fürchte sie, daß ich, der Mensch, der für sie weint, jeden Augenblick einfach verschwinden könnte. Mir war, als säße ich im Auge eines Tornados. Um mich raste die Zeit, aber es war mir egal. Es gab nur noch sie und mich. Frau Gärtner erzählte vom Krieg und den Nachkriegsjahren. Von ihren Eltern, für die sie schon als junge Frau hatte sorgen müssen. Von Männern, die nur Enttäuschungen waren. Von der harten Arbeit, die sie ihr Leben lang verrichtet hatte. Und von ihren Söhnen, die sie alleine großgezogen hatte, die heute arbeitslose Säufer waren und die nur zu Besuch kamen, um ihrer Mutter das bißchen Geld, das sie noch hatte, abzunehmen."

Krissie schwieg und ich dachte, sie erwartet vielleicht, daß ich etwas sage.

„Bantha Puuduh! Was heißt Peristaltik?" fragte ich, aber sie gab keine Antwort. Sie schien sehr weit weg zu sein, irgendwo auf dem Todesstern.

„Mach dir keine Sorgen, ich dusche morgen früh Mulischka!" Da sah Kristina mich an und lächelte schwach. Vielleicht dachten wir beide in diesem Moment daran, daß sie irgendwann doch angefangen hatte Frau Mulke zu baden.

„Ach Bär...ich hab ein ziemlich mieses Gefühl bei der Sache."

Sie trat vom Rand des Daches zurück und ging hinüber zum Schornstein. Ich war erleichtert, zog meine Jacke aus und legte sie auf die Isomatten, weil die inzwischen ganz naß waren. Schließlich setzte Krissie sich zu mir und ich legte den Arm um sie. Da saßen wir dann und starrten auf Sterne, die gar nicht da waren, weil ein weißer Wolkenschleier davorlag. Nur das Rauschen der Stadt war zu hören, sonst nichts. Nach einer Weile meinte Krissie, sie würde demnächst Urlaub machen, um einen klaren Kopf zu kriegen, und ich dachte darüber nach, wer in der letzten Schlacht zuerst das Lichtschwert gezogen hatte: Luke oder Darth Vader. Gerade wollte ich Krissie danach fragen, da stand sie auf und sagte: „Bär, wir brauchen Luftveränderung, wir müssen den Absprung schaffen, sonst werden wir irgendwann wie Urth!"

„De coona tuta, Solo?" fragte ich, aber sie antwortete nicht wie sonst, sondern meinte plötzlich: „Märchen sind dazu da, die Wirklichkeit zu begreifen und nicht, um vor ihr davonzulaufen!"

Ich sagte: „Yes, master!" blies einen der Handschuhe auf, verknotete ihn und warf nach ihr. Kristina wollte den Pflegeballon fangen, rutschte aber aus und verstauchte sich den Fuß. Ich hatte ein furchtbar schlechtes Gewissen deswegen, weil es doch irgendwie meine Schuld gewesen war, und später hatten Priska und ich Mühe, Krissie durch die enge Dachluke nach unten zu schaffen. Von da an war sie bis zu ihren freien Tagen krankgeschrieben, und wir haben nie wieder zusammengearbeitet. Und auf dem Dach waren wir seitdem auch nicht mehr.

Wenn der Richter mich fragt, was mir zu Frau Schlegel einfällt, werde ich sagen, sie hat wenig Zeit gebraucht. Bei ihr ging es zack zack. Das ist wahr. Das kann jeder wissen. Zack, zack!

Ich war bei ihr weniger als bei den anderen Bewohnern. Wenn ich zu ihr mußte, bekam ich schon bei dem Gedanken daran Magenschmerzen.

Hieß es morgens, wenn wir mal zu zweit waren, wen willste machen, war ich froh, wenn ich nicht zu ihr mußte. Die anderen rissen sich ja förmlich darum, eben weil es so schnell ging und die Frau so ein Federgewicht war. Da brauchte man nicht viel stemmen und wuchten.

Frau Schlegel war auf unserer Station die Leichteste und Schwächste. Selbst wenn sie nicht wollte oder nicht mithalf, konnte man sie locker alleine drehen, hochziehen oder auf die Bettkante setzen.

Morgens hatten wir 15 Minuten für jeden Bewohner. 15 Minuten, in denen wir eine Person komplett waschen, eincremen, anziehen, ihre Haare kämmen, Zähne reinigen, einsetzen und gegebenenfalls noch Wunden, Verbände und Sonstiges versorgen bzw. wechseln mußten. Und dann das Ganze auch noch mindestens acht Mal hintereinander, um bis zum Frühstück alle fertig oder hoch zu haben. Nach einer Weile wusch man die Leute wie dreckiges Geschirr. Mit jedem Tag vergaß man ein bißchen mehr, daß man es mit Menschen zu tun hatte. Mit jedem Tag wurde man ein bißchen unmenschlicher. Besonders den Metten gegenüber. Die können sich ja am wenigsten wehren. Diese BW's sind schließlich keine netten alten Leute, sie sind das, was übrigbleibt von Wesen, die alles verlieren, was Menschen von Tieren unterscheidet. Man hat eben ständig Angst, daß einem das auch passiert. Und wenn dann so ein passiver Körper einem beim Heben Schmerzen verursacht, haßt man den Bewohner. Dann wieder sich selbst und noch einmal den BW, jetzt doppelt. Früher habe ich alte Menschen geliebt, aber irgendwann erfüllten sie mich nur noch mit Abscheu und Ekel. Man sucht nach einem Gefühl für diese Leute und findet schließlich nur noch Selbstmitleid. Die Metten werden schwächer und schwächer, aber für dich schwerer und schwerer, und eines Morgens, wenn man zum Wecken kommt, sind sie kalt. Das einzige, was dich dann davon abhält, dich darüber zu freuen, ist die Frage, welcher kommt als nächstes? Nicht Bewohner, sondern Pflegeaufwand. Es durfte ja kein Bett lange kalt bleiben. Und da sahst du ja nach einer Weile nicht mehr den ganzen Menschen, sondern nur die Krankheiten, die versorgt werden mußten.

Krissie hatte mal vorgeschlagen, die Waschrunde sollte als olympische Disziplin aktzeptiert werden. Auf der Weihnachtsfeier hatte sie mit mir zusammen den Sketch vom Waschroboter gegeben. Das war ziemlich witzig. Ich stand mit bemalten Kartons um den Körper herum, und alle fanden das Klasse. Nur Urth konnte sich nicht verkneifen zu rufen: „Matthias, jetzt siehst du endlich mal gut aus!"

Als sie das sagte, fühlte es sich an, als hätte sie mir ihre Faust direkt in den Magen geschlagen, mit voller Wucht. Und ich dachte, ich bekomme keine Luft mehr und müßte ersticken. Krissie meinte später, ich hätte ausgesehen wie ein begossener Pudel, aber das stimmte nicht ganz, es fühlte sich anders an: Urth hatte ihren Frust und Haß nicht über mich gegossen, sondern irgendwie direkt in mich.

Es war jeden Morgen Hochleistungssport, trotzdem klappte das mit den 15 Minuten natürlich nie wirklich. Allein bei Frau Schmidt brauchte man mindestens 30, wenn man es denn nach Lehrbuch oder Sabines geliebten Standards machte. Bockte Mulischka, war bei ihr unter 20 Minuten, wenn man Glück hatte, auch nichts zu machen. Und angesichts Frau Bauers eitrigem, blutigem zweiten Bauchnabel, der PEG-Stelle, die dauernd gespült werden mußte, weiß ich eigentlich gar nicht mehr, wie wir das tagaus, tagein geschafft haben. Bei mir selbst kann ich das komplette Programm gut in 15 Minuten durchziehen - ich hab das ein paar Mal morgens gestoppt - aber bei jemand anderem, der auch noch irgendwie dagegen arbeitet, war das schon ziemlich schwer. Du hattest da mitten in der Nacht so einen Sack voller Knochen und widerwilligem Fleisch. Wie gelähmt vor Müdigkeit und Unlust zerrannen dir die Minuten. Um trotzdem pünktlich fertig zu werden, mußtest du hart sein, schlampen und den Pfad der Lüge betreten.

Erdmute die Gute hatte behauptet, es sei ein Irrtum, zu glauben, Alte wären zwingend so fordernd, weinerlich, zänkisch und verzweifelt. Sie war der Meinung, sie würden so, weil sie sich nutzlos vorkommen. Und vielleicht ist da 'was dran, alle Krankheiten, die man im Alter haben kann, werden im Heim beschleunigt. Die meisten der Bewohner haben Psychos, die sie vorher nicht hatten. Es ist, als ob der Verlust ihrer gewohnten Umgebung sie völlig aus der Fassung bringt, und das Personal ihnen dann den Rest gibt. Und nur weil sie alt sind, tut jeder, als müßte das so sein. Frau Koch zum Beispiel wog mehr als Krissie und ich zusammen, und daß sie nicht einen Muskel rührte um mitzuhelfen, verdoppelte ihr Gewicht noch. Aber selbst wenn sie einem entgegenkam, zaghaft einen Arm hob, um beim Ausziehen des Nachthemdes behilflich zu sein, ging das so langsam, daß es besser war, sie zu reißen und zu stemmen, als ihr Tempo mitzumachen. Manchmal dachte ich, wie muß die sich fühlen: umgefallen, Krankenhaus, Lebensruh. Typische Karriere. Auf den Todesstern kam man als alter Mensch ohne Rückfahrkarte. Wer Glück hat, kriegt wenigstens ein Einzelzimmer, aber die Warteliste dafür ist so lang, daß das bei Neuankömmlingen selten vorkam. Außerdem wird in den Mehrbettzimmern schneller gestorben, so daß dort eher 'was frei ist.

Lebensruh hat 11 Einzelzimmer, zehn Dreibettzimmer und neun Doppelzimmer. Die Mehrbettzimmer sind durch Trennwände so aufgeteilt, daß jedes Zimmer einen Einzelzimmercharakter aufweist. So jedenfalls steht es im Prospekt. Ein Pflegeheim mit Vorzeigecharakter, lautet die Überschrift.

Frau Koch bleiben die Augen zum Weinen und der Mund zum Stöhnen. Mehr Möglichkeiten sich zu wehren, hat sie nicht. Sie ist total ausgeliefert und enteignet. Vielen, die dieses Schicksal teilen, bleibt da nur der

Rückzug nach innen. Kein Wunder, daß die alte Koch irgendwann nur noch heulte. Ihre Haltung war so passiv, daß sie schon wieder Widerstand war. Sich dem Pflegeprogramm zu verweigern, ist ja oft die einzige Chance dieser Leute auf einen Rest von Selbstbestimmung. Der Alte hört irgendwie auf zu handeln, zu denken, zu leben. In dieser Reihenfolge. Seine Machtlosigkeit und Abhängigkeit sind enorm. Wir konnten da nicht helfen. BW und Personal gehören einer anderen Zeitebene und anderen Gesetzen an. Zwischen den Welten gibt es kaum eine Verbindung.

Bei Frau Schlegel lief es immer gleich ab: entweder sie war wach, dann schrie sie die ganze Zeit Hil oder sie schlief noch, dann fing sie aber sofort an sich zu beschweren, wenn ich sie wachmachen mußte. Manchmal dachte ich, sie hielt einfach diese totale körperliche Nähe nicht aus. Aber da hatten wir beide schließlich keine Wahl.

Frau Schlegel hätte zwar aufstehen können, aber sie wollte nicht, und wir waren froh darüber. Man mußte berechnend sein. Die Zeit, die wir tatsächlich brauchen, wird nicht bezahlt. Der Pflegeschlüssel berücksichtigt ja nicht die ganzen Durchgeknallten und das, was die an mehr Aufwand erfordern, mußte man irgendwo anders wieder einsparen.

Man trat zu ihr ans Bett, mimte den Fröhlichen, und ab ging es .

„So früh!" sagte sie, „Ich will noch schla-fen! Das Waschen lassen wir heute mal a-haus!"

Dann mußte man sie bequatschen, und sie gleichzeitig schon ausziehen und naß machen, bevor sie lange widersprechen konnte. Die Bewohner haben sich schließlich nach den Regeln in Lebensruh zu richten. Wer sich nicht fügt, wird gezwungen oder ruhiggestellt. Das hört sich krass an, aber wenn du da drin steckst, ist das normal. Du machst das mit oder mußt kündigen, so einfach ist das.

Irgendwie war ich bei Frau Schlegel noch mehr unter Streß als sowieso, und wenn ich fertig war, war ich klitschnaß geschwitzt. Manchmal mußte man sie morgens ausräumen.

Einmal sagte sie: „Mädchen mach' die Beine breit, von hinten geht's noch mal so weit!"

Mir war danach den ganzen Tag richtig elend zumute. Das lag aber wahrscheinlich auch mit an der stickigen Luft in dem Zimmer: Manchmal konnte einem das wirklich den Rest geben. Frau Schlegel mochte es nämlich nicht, wenn in ihrer Nähe auch nur der kleinste Luftzug ging. Es hätte ihr sicher gefallen, zu wissen, daß sie in einer windstillen Nacht gestorben war.

Bei seinem letzten Besuch fragte mein Anwalt mich, ob Tötung auf Verlangen drin sei, aber da konnte ich ihm nicht helfen.

Nein, ich zog ihre Klingel, ging zu Frau Bauer und sah aus dem Fenster. Ich wollte warten, bis die PEG durchgelaufen war. Es konnte nicht mehr lange dauern. Da war eine Wolke, das weiß ich noch genau, die schob sich ganz langsam an die Sonne heran. Ich hörte das Pumpen des Gerätes, das sich wie die Zentralverriegelung eines Ford anhört. Einundzwanzigmal, dann waren die letzten Milliliter der Sondennahrung durchgelaufen, und das Gerät begann zu piepen. Ich löste die künstliche Nabelschnur, spülte die Schläuche und stellte die PEG ab. Frau Schlegel lag ganz still, so still, wie sie sonst nur selten war. Nur wenn sie tief schlief und man keine Angst haben mußte, daß sie jeden Moment wieder zu quaken anfangen würde.

Im Zimmer war es jetzt ein wenig dunkler wegen dieser verdammten Wolke. Unten in der Stadt gingen die ersten Lichter an. Ich fühlte mich so verloren und dachte an den Abend, als Priska mich und Krissie vom Todesstern abgeholt hatte. Das war etwas besonderes gewesen und kam nur sehr selten vor. Priska konnte die Atmosphäre im Heim nicht leiden. Es war im Winter gewesen, und Krissie hatte ziemlich lange zum Umziehen gebraucht. Ich hatte damals auch am Fenster gestanden und rausgesehen. In der Wohnstube unserer Station hatte ich auf die beiden gewartet.

Als sie kamen, sagte Krissie: „So klein und schon bei den Sturmtruppen?!" Ich aber hatte auf die vielen hellen Punkte hinter der Scheibe gezeigt: „Wie Sterne einer fernen Galaxie!"

„Dann wollen wir doch mal sehen, ob der Alte den Fangstrahl abgestellt hat!" Krissie war unternehmungslustig gewesen an diesem Abend, aber Priska hatte sich neben mich gestellt. Sie wirkte wie gelähmt, als hätte sie erst einmal wieder Kraft sammeln müssen, um hinauszugehen. Schließlich murmelte sie etwas, was wie „Pflege ohne Gewalt kommt wohl nicht vor!" klang.

Ich hatte etwas erwidern wollen, aber Krissie hatte gerufen: „Amen und Schluß! Möge die Macht mit uns sein!"

Dann packte sie uns, und wir drei waren Arm in Arm hinaus in den windstillen Abend getreten, um einander für ein paar Stunden Vergessen zu schenken.

Wenn man ein Glas austrinkt, weiß man doch immer, wann der letze Schluck kommt. Im Leben weiß man nie, wann man etwas zum letzten Mal tut. Hätte ich es gewußt, ich hätte die mir verbleibenden Stunden vor der Verhaftung verlebt, als ob danach nichts mehr kommen könne.

An jenem Abend, der mein Leben verändern sollte, stand ich in dem Zimmer, nur wenige Meter neben der bald toten Frau Schlegel, dachte an Krissie und Priska und wünschte mir, sie wären noch einmal dagewesen, um mich abzuholen. Von unten hörte ich Urth, die schon im Gehen war, meinen Namen brüllen. In ihrer typischen anklagenden Art schrie sie die Frage, die eigentlich gar keine Frage war, wann ich denn endlich mal fertig wäre? (Überall werden sie gestellt, diese unbarmherzigen Fragen warum, wieso, weshalb, wozu, wann. Die meisten redeten nur mit den Bewohnern so, aber die Bambuszwillinge hatten zu jedem diese unbarmherzige Sprache drauf. Sie duldete keinen Widerspruch und verlangte vernünftige und schnelle Antworten.) Und darum gab es eigentlich keinen Grund, länger im Zimmer zu bleiben.

Im Flur drückte sich Annemarie mit ihrem Schmusekissen herum, und ich dachte: „Armes Wesen, wird wieder die ganze Nacht unterwegs sein!" Dann ging ich nach unten.

Annemarie war ein Omegatier. So nannte Krissie sie. Keine Ahnung, ob es das Wort gibt, aber ich hab mal gehört, daß bei Hunden die Stärksten Alphatiere heißen.

Annemarie wollte immer etwas verschenken. Sie war wie ein kleines Äffchen, eines von denen, die die Drehorgelspieler in der Fußgängerzone auf der Schulter haben. Einmal holte sie aus ihrer Handtasche, die sie immer dabei hatte, etwas Kleines, Verschrumpeltes und gab es mir. Es stank furchtbar und dauerte eine ganze Weile, bis ich drauf kam, daß es einer der Fische aus dem Aquarium am Eingang war. Die Kleine mußte ihn herausgeholt haben, ohne daß es jemand gemerkt hatte.

Die Fische hatten die Angewohnheit, jeden, der davorstand, zu verfolgen. Gingst du in die eine Ecke, kam dir der ganze Schwarm hinterher. Gingst du in die andere, schwammen sie auch dorthin. Dabei starrten sie dich aus ihren kleinen merkwürdigen Wasseraugen an, öffneten und schlossen die Münder, als hätten sie etwas furchtbar Wichtiges zu sagen, das man nur wegen des dicken Glases nicht verstehen konnte.

Annemarie konnte mir damals nicht beantworten, warum sie den Fisch getötet hatte. Sie legte nur ihre kleine, dicke Kinderhand in meine und wollte mich zum Aquarium fortziehen, aber ich hatte keine Zeit und sagte: „Jetzt nicht!" Und dabei blieb es dann.

Als ich Krissie von dem Geschenk erzählte sagte sie: „Gut, daß Ziemke keine Piranhas hält!"

Müller erklärte mir neulich, wie die Sache mit dem Gebissen und Gebissen werden im Knast läuft. Er sagte, ich brauchte mir keine Sorgen machen, wenn ich rüber, in den richtigen Knast käme. Ich solle mir einen der Schwächsten schnappen und ihn vor allen platt machen, egal, was er gemacht hätte. Damit die anderen sehen, daß ich mir nichts gefallen lasse. Dann wäre die Sache klar, und ich hätte keine Probleme. Es sei denn, und da lachte er, ich erwische ausgerechnet den, auf dem alle rumhacken, und der hat einen schlechten Tag und ein Messer dabei. Müller sagte auch noch, ich müßte das sofort tun, weil sonst einer der Schwächeren die Gelegenheit nutzen könnte, seine Position zu verbessern, bis ich mich zurechtgefunden hätte. Müller meinte auch, daß ich den anderen nur ein bißchen schütteln und wütend rumbrüllen müßte. Bei meiner Größe und dem Gewicht, sagte er, hätten die schon von Anfang an mehr Respekt als vor anderen.

Es ist schon komisch, früher hab' ich nie viel an die Zukunft gedacht, aber jetzt scheint es notwendig zu sein, nicht nur daran zu denken, sondern auch etwas dafür zu tun.

Krissie sagt, ich solle schon mal üben böse zu gucken und endlich mal grade gehen, damit man sieht, wie groß ich wirklich bin. Und Liegestütz und Sit ups hat sie mir auch empfohlen, damit die anderen später, wenn ich raus bin aus der U-Haft, gleich wissen, daß sie mit mir nicht alles machen können. Ich weiß schon, wovon sie redet, ich hab genug Filme gesehen.

Heute ist Sonntag, Besuchstag. Da herrscht immer so eine merkwürdige Stimmung im Knast, wie Weihnachten. Zum Frühstück bekamen wir Eier, wie im Heim, aber in Lebensruh gab es sie außer am Sonntag auch mittwochs. Allerdings sind sie hier genauso steinhart wie dort. Die Dinger sind so lange gekocht worden, bis das Gelbe fast bläulich aussieht. Man könnte damit glatt Panzerglas einwerfen. Krissie sagte immer, auf dem Todesstern sei eben alles hart.

Ich erinnere mich, an meinen Dienstwochenenden hatte ich immer das Gefühl, Stubenarrest zu haben. Ich starrte sehnsüchtig aus dem Fenster, wie ein Kind, das alle seine Freunde draußen spielen und toben sieht. Aber es war auch schön, jedenfalls am Anfang. Es war meistens keine Peitsche da, und ich glaubte zuerst, kompetent und verantwortlich für all die Bewohner auf der Zwei zu sein. Ich fühlte mich unentbehrlich, weil niemand das tun wollte, was ich tat. Später spielte es keine Rolle mehr, ob Wochenende war oder nicht, später war jeder Tag zu einem Hindernis geworden. Plötzlich war die Luft nur noch giftig, getränkt mit Krankheit und Leid, das Licht, flimmernd und flirrend, immer zu grell. Das ständige Klopfen und Türenschlagen, das Piepen der Hörgeräte und das Quäken der Klingel, und von morgens bis abends schlurfen, tappen, zanken, schreien, all das machte mich wahnsinnig.

Ich habe mir oft gewünscht, taub zu sein, wegen all der Geräusche, der Bitten und Klagen, die unbeachtet an der Decke zerplatzten wie Seifenblasen. Und wenn ich über die Flure ging, waren da all diese Augen, die um ein kleines bißchen Zeit flehten - aber selbst für Erklärungen und zum Neinsagen reichte es oft ja nicht. Dann wünschte ich mir blind zu sein. Aber stattdessen wurde ich taub für die leisen Töne, blind für das Elend der Alten und mir selber ganz fremd. Es war als ob man in einem Zug sitzt, der niemals hält: draußen rauscht dein Leben vorbei, und was dir bleibt, ist ein hilfloses Winken, mehr nicht.

Jetzt ist es halb zehn. Um diese Zeit sitzen die Kollegen gerade zur Frühstückspause zusammen.

In den Pausen herrschte die Litanei der Ratlosigkeit, die Litanei der Erschöpfung. Wir stellten uns Fragen, deren Eindeutigkeit wir selber verwischten. Fragen, in deren Wiederholungen wir zu antworten versäumten. Darin wurden wir den Bewohnern immer ähnlicher.

Frau Köscher setzte, sobald sie einen von uns sah, immer zur gleichen Frage an: „Gibt es bald 'was zu essen?"

Wir packten sie in die Schublade: verwirrt, und gingen mit ihr teils genervt, teils gutwillig belehrend um. Einmal passierte es, daß ich nicht gleich etwas zu ihr sagte, sondern sie nur ansah.

Da lachte das Dreibein auf einmal und meinte: „Immer dieselbe blöde Fragerei, was?"

Ich begriff, sie wußte nicht, wie sie sonst ein Gespräch anfangen sollte. In meinem Kopf wurde es richtig hell. Es nützte aber wenig, schon am nächsten Tag fuhr Urth sie wieder an: „Meine Güte, Frau Köscher! Sie haben gerade Frühstück bekommen! Jetzt hören Sie doch auf zu nerven!"

Wörter haben Folgen, ziehen andere nach sich, bilden eine Kette, eine Schlinge, die würgt. Einmal hatte ich versucht, mit Sabine darüber zu reden, wie brutal unsere Sprache oft war.

„Die meisten, die in der Pflege arbeiten, ziehen sich gefühlsmäßig ganz schnell zurück, um zu überleben. Sie werden erst hilflos, dann zynisch" war die Antwort der Pille, und es klang auswendig gelernt.

Priska hatte einmal oben auf dem Dach gesagt, Pflegende, die die notwendige Gewalt nicht mehr mitfühlend begleiten könnten, greifen zu einer unbarmherzigen Sprache, die belehrend, veralbernd, zurückweisend, erniedrigend und demütigend sei. Priska hatte über Gewalt in der Pflege gelesen; sie denkt, Bücher können irgend etwas bewirken. Aus ihrer Buchhandlung schleppte sie immer haufenweise Bücher heran, die sie dann mir und Krissie zu lesen gab.

Priska glaubte, im Meer des Jammers, des Leids, der unerträglichen Nähe und der Langsamkeit, des Ekels, Geschreis und der Angst seien Ordnung und Pläne im Heim wahrscheinlich wie Rettungsboote für das Personal. Und ich muß ihr recht geben. Um die Wahrheit zu sagen, gibt es in Lebensruh wohl ziemlich viele Rettungsboote, und die meisten davon gehören den Bambuszwillingen. Die beiden sind von der Art, die die Alten lieber beherrscht als liebt.

Es ist schwer zu beschreiben, was den Unterschied zwischen jemandem wie Erdmute und den Bambuszwillingen ausmacht. Es liegt nicht an den Worten. Ich habe auch von Erdmute schon die gleichen Sätze wie von Maike und ihrer Busenfreundin gehört. Auch die Gute lacht über Bewohner oder gebraucht scharfe Töne, aber von ihr ist es nie so abfällig und wertend gemeint. Es liegt an etwas Unsichtbarem, etwas das man nicht einmal hören kann, nur fühlen. Es liegt an der Art zu verstehen, sich einzufühlen, sich auf jemanden einzulassen. Es liegt an etwas tief in ihnen, dem Kern, dem Grad der Verhärtung, der Menschlichkeit oder dem Menschenbild, das sie haben. Aber solche Sachen kann man in Bewerbungsgesprächen nicht abfragen, sie sind in Worten nicht faßbar, haben etwas mit Liebe, Selbstwert und Wertschätzung zu tun, mit der Angst, sich zu verlieren.

Die Augen der Bambuszwillinge sind grau, grau wie ihre Gedanken, die vielleicht deshalb so gierig nach bunten Bildern und farbigen Lügen sind.

Der Hochglanzprospekt von Lebensruh wurde von den beiden zusammen mit Sabine entworfen. Er ist knallig gelb mit schwarzer Schrift. Es stehen ganz tolle Sachen drin. Viele Fremdwörter aus dem Medizinischen und so.

Krissie sagt, wenn man den Prospekt liest, bekommt man das Gefühl, zu lange in die Sonne geschaut zu haben.

Bei diesem Wetter hocken Krissie und die anderen bestimmt auf der Terrasse und ärgern sich über die Glocken. Ganz in der Nähe des Heims steht eine Kirche.

Es ist jeden Sonntag derselbe Ablauf. Auch wir haben unsere Rituale, die gleichen Fragen, die gleichen Antworten.

Immer wenn man gerade gemütlich beisammen sitzt, fragt einer: „Seid ihr auch so fertig?"

Und jemand anders antwortet: „Und wozu das alles?"

Dann geht das Gebimmel los. Als wollte die Kirche nicht, daß wir uns beklagen.

Wenn ich jetzt drüber nachdenke, frage ich mich, warum Krissie und ich das alles so lange mitgemacht haben? Die meisten Kollegen stöhnten und jammerten, weil es ihnen half, weiterzumachen - beim ersten Mal nicht, da war es ihnen ernst, aber dann machten sie weiter und merkten, daß es dazugehörte und wichtig war, um durchzuhalten - wie Gewichtheber, die schreien, beim Reißen der Stange. Aber Krissie und ich, wir meinten es ernst. Sie klagte, weil sie etwas ändern wollte und nicht wußte wie, und ich, weil ich so nicht weitermachen konnte.

Sobald sonntags die Glocken anfingen zu bimmeln, schrie Frau Schlegel noch lauter. Sie war schließlich blind, und da spielten Geräusche für sie eine große Rolle.

Frau Schlegels Augen habe ich so gut wie nie gesehen. Sie hielt sie stets geschlossen, als wollte sie vorgeben, aus eigenem Entschluß nichts zu sehen. Wenn sie sie doch mal öffnete, kriegte man einen richtigen Schreck. Es war, als würde das Gesicht auf einem Gemälde sich plötzlich beleben.

Als ich ihr Sonntagsgeschrei das erste Mal hörte, fuhr ich regelrecht zusammen. Von drinnen schrie Frau Schlegel: „Lieber Jesu! Tu ein Wunder: mach, daß es aufhört!"

Sie meinte ihr Leben, aber Urth Tau grinste und rief: „Lieber Jesu: mach, daß wir mehr Geld kriegen!"

Erdmute, die Gute, sagte: „Warum soll der Herr Geld regnen lassen, wenn er Idealismus hat?"

Wir lachten alle, ich auch, um nicht zu weinen, und dann ging es die ganze Pause hindurch um Steuerklassen und Lohnabrechnungen.

Es war immer dasselbe: im Altersheim herrschte immer derselbe Tag. Wenn man mal ein paar Wochen in Urlaub war und wiederkam, dauerte es nur Minuten, um wieder in den alten Trott zu fallen. Es war, als sei man nur kurz auf Klo gewesen. Dieselben Gespräche, dieselben Nöte. Wir verloren uns im Dickicht von Kleinigkeiten, unsere Gedanken waren wie ein Karussell. Wir hatten Matsch im Kopf, einen Sumpf, in dem wir versanken. Der Schlaf war der Ast, der einem half, sich einen weiteren Tag abzustrampeln.

Jetzt beginnt auch hier in der Nähe eine Glocke zu läuten, und ich sehe sie richtig vor mir, wie sie dort sitzen: Krissie, Marie, Annette, Jens, Suse und Ermute, die Gute. Sie haben gerade alle ihr Frühstück ausgepackt, und dann ist es soweit. Der erste Schlag erschreckt sie und dann rufen alle im Chor: „Oh nein!"

Die halbe Stunde Ruhe ist damit versaut. Es bleibt nur noch, draußen den Lärm schweigend zu ertragen oder reinzugehen in den Todessternmief.

Einige unserer Bewohner gingen manchmal morgens rüber zum Gottesdienst, die meisten kamen auch wieder, aber einige mußten regelmäßig eingefangen oder von anderen Heimen abgeholt werden. So unterbesetzt wie wir waren, bedeutete das natürlich zusätzlichen Streß.

Der Hammer war, als eines Tages mal eine alte Frau aus einem anderen Heim bei uns landete. Sie sagte, sie käme aus dem Pflegeheim ganz in der Nähe. Als wir dort anriefen, wollte sie niemand abholen, weil die noch schlechter besetzt waren als wir. Da habe ich das erste Mal erlebt, daß Erdmute die Gute ausgeflippte.

Bei uns im Heim mit den lila Wänden würde es so etwas nicht geben. Krissie und ich haben uns oft vorgestellt, daß mehrere Leute extra nur dafür eingestellt würden, daß sie die Alten begleiteten, egal wohin sie wollten. Wir würden prüfen, wie glücklich und zufrieden die Leute sind und zwar richtig. Nicht so wie Ziemke, der morgens auf dem Weg zu seinem Büro einmal durch alle Zimmer tobt und alle, die antworten konnten, fragt: „Irgendwelche Beschwerden? Soweit alles in Ordnung? Alle wohlauf?"

Natürlich hörte er nie Negatives. „Man beißt schließlich nicht die Hand, die einen ans Bett bindet", sagt Krissie.

In dem lila Heim wären einige Alte natürlich auch verwirrt. Daran läßt sich wohl kaum ,was ändern. Sie wären verwirrt, aber glücklich, so wie Frau Mulke. Wir würden alle Welt der Zeit haben um herauszufinden, wie wir jeden einzelnen zum Lachen bringen könnten.

Auf dem Todesstern hatten wir Listen für jeden Furz, aber wie kontrolliert man, ob jemand genügend menschliche Zuwendung bekommen hat?

Die Listen betrafen die Lagerung, die Augentropfen, die Farbe und Menge gelassenen Urins und vor allem die Trinkzufuhr, aber real sah das eben so aus, daß du, um diesen ganzen Kleinkram nicht zu vergessen und sich Lauferein zu ersparen, deine Häkchen eben immer machtest, wenn es paßte. Das bedeutete zum Beispiel, daß meistens schon bei Dienstantritt eine ausreichende Menge Flüssigkeit eingetragen wurde. Wenn es dann aus Zeitknappheit und weil die BW's sich sperrten, nicht dazu kam, daß genau soviel auch wirklich getrunken worden war, war das Pech.

Jetzt ist die Frühstückspause bald vorbei. Einer, wahrscheinlich Jens, wird fragen: „Wollen wir?"

Irgend jemand, ich schätze Anette, wird antworten: „Nein, aber wir müssen!"

Und dann gehen sie hinauf, auf die Stationen, hintereinander wie Gänse, zu den Alten.

Es liegt etwas Kränkendes darin, daß es immer so weitergehen soll.

Meine Ruhe ist dahin. Alles ist jetzt anders. Drei Tage nervte mich eine Fliege. Es war ein dicker, haariger Brummer, eklig und zäh und viel zu groß für eine gewöhnliche Fliege.

Früher hätte mich so etwas nicht gestört, aber die Stille in einer Zelle bringt ihre eigenen Probleme mit sich. Das hätte ich nicht gedacht.

Plötzlich war das Vieh da. Ich weiß nicht, woher es kam. Wie aus dem Nichts tauchte es auf, und es dauerte eine Weile, bis ich es bemerkte. Zuerst war da nur dieser Ton, der lauter und lauter wurde.

Die Fliege flog immer wieder gegen die Scheibe, und erzeugte einen unschönen Laut, als werfe jemand Steinchen von außen gegen das Fenster meiner Zelle. Mit aller Wucht flog sie gegen das Glas, ein Vogel hätte sich dabei das Genick gebrochen. Sie aber prallte ab, blieb einen kurzen Moment auf dem winzigen Absatz zwischen Fenster und Rahmen sitzen, dann tanzte sie surrend die Scheibe hinauf und herunter. Wenn ich den Himmel betrachten und träumen wollte, dann war da dieser schwarze huschende Fleck. Ich konnte mich auf nichts anderes mehr konzentrieren. Sie summte und brummte den ganzen Tag. Das Dröhnen machte mich wahnsinnig. Es hörte nicht auf, sondern wurde heftiger und lauter: Brumm, klack, summ, surr, brrrumm, klack, summm, surrrr. Es ging immer weiter. Ihr Motor war unermüdlich und wurde zur Motorsäge in meinem Kopf. Sie zerschnitt die Ruhe. Meine Gedanken fielen krachend um und blieben gefällt liegen.

Warum konnte sie nicht aufhören? Warum konnte sie sich nicht ausruhen und warten?

Brrrummm, klack, summm, surrrr, brrrummmm, klack, summm, surrrrr.

Es ging nicht in ihren Schädel, daß sie gefangen war. Sie wollte fliegen, sie wollte zum Licht, das war ihre Natur.

Nachts lief sie die Wände hinauf. Manchmal saß sie still und putzte Beine und Flügel. Dann startete sie wieder und zog ihre Kreise immer um die Lampe herum. Dabei war ihr Schatten wie eine teuflische Fratze, wie ein grinsender Totenschädel, der im Schummerlicht hüpfte. Der Schatten des wandernden Fenstergitters wurde zur Zielscheibe, die mich sucht, um mich mit ihrem Insektenprojektil zur Strecke zu bringen. Ich zog mir die Decke über den Kopf und hielt mir die Ohren zu, aber das Dröhnen war in meinem Hirn. Es war wie tausend Hils, als würden alle Alten vom Todesstern plötzlich zu rufen beginnen.

Diese Nacht schlief ich zum ersten Mal schlecht, seitdem ich in Haft bin. Ich träumte von Lebensruh, träumte, ich wäre auf der Zwei. Nicht zum Arbeiten, sondern um mit Krissie meinen Dienst abzusprechen. Ich suchte sie, aber nirgends brannte die Anwesenheitslampe. Ich rief, aber es kam keine Antwort. Ich schaute in alle Zimmer, aber überall das gewohnte Bild: Metten und dösende Roller. Als ich am Zimmer von Frau Zugehsen vorbei ging, sah ich die Alte wie meistens auf dem Bett liegen. Im Traum erinnerte ich mich, daß sie sich auf dem Todesstern so gefangen fühlte, daß sie auf jegliche Privatsphäre verzichtete. Ihre Tür mußte immer offen sein. Frau Köscher, die mit ihr das Zimmer teilte, war deswegen oft genervt. Zwischen den beiden reichte meistens schon ein Blick, und dann ging es los: „Guck nicht so!"

„Ich kann gucken, wie ich will!"

„Ja, nur nicht geradeaus!"

„Ach, halt doch die Klappe!"

„Blödes Stück!"

„Du bist doch zur Dummenschule gegangen!"

„Ich bin nicht nach die Dummenschule gegangen!"

Und dann flogen die Stöcke. Einmal hatte Frau Köscher so zugeschlagen, daß sie selber umfiel und eine Woche mit einer Riesenbeule und einem blauen Auge herumlief.

Im Traum lag Frau Zugehsen inmitten ihrer Puppen- und Stofftierarmada, kicherte und brabbelte: „Ich bin auch nur ein Mensch! Hi, hi, hi! Ich bin auch nur ein Mensch! Hi, hi, hi! Ich bin auch nur ein Mensch!"

Auf dem Boden vor ihrem Bett lagen die abgerissenen Köpfe ihrer Plastik- und Stoffgefährten. Ich ging zur Wohnstube der Zwei und fand auch da ein vertrautes Bild: Mulischka saß mit ihrem Lächeln im Wohnzimmer, die Augen geschlossen, die Hände gefaltet. Sie wiegte sich hin und her, in ihrem eigenen langsamen Rhythmus. Aus dem Radio kam stampfende und schnelle Technomusik. Frau Köster saß zusammengesunken mit hängendem Kopf und offenem Mund im Sessel. Ein Speichelfaden tropfte ihr aufs geblümte Kleid. Der Blick aus der Fensterfront zeigt die Straße, eine ewige Baustelle, rasende Autos und gegenüber das Einkaufszentrum: familia. An der Wand hing der Geburtstagskalender der Bewohner. Ich sah die Jahreszahlen, aber keine Tage, keine Monate: sie waren geschwärzt worden. An den Fenstern klebten ausgeblichene Fensterbilder, davor standen vertrocknete Pflanzen. Die Tischdecke war fleischfarben und voller brauner Flecken, die Blumen darauf künstlich und leuchteten in grellen Farben. Die Fernbedienung und ein paar leere Becher standen herum. Frau Gärtner saß in ihrem Rollstuhl und starrte aus dem Fenster. Sie versuchte sich zu bewegen und aufzustehen, aber das an den Armlehnen befestigte Eßtablett verhinderte das. Ein Ast mit gläsernen Tropfen hing als Dekoration in der Ecke. In den Gängen bewegten sich Schatten, aber als ich nachsah, war niemand zu sehen. Von irgendwoher kam das überlaute Ticken einer Uhr, aber ich konnte nicht genau feststellen, woher es kam, es war überall. Ich suchte nach Kollegen und Kolleginnen, sah aber niemanden. Und dann brannten plötzlich über allen Zimmern die Lampen. Ich rannte zu Herrn Fischer. Er aber winkte ab. Gab mir zu verstehen, er habe nicht geklingelt. Ich hetzte zu Frau Hein. Aber die schlief. Bei Frau Amann das gleiche Bild. Wohin ich auch kam, niemand schien die Klingel gedrückt zu haben. Trotzdem war sie nur wenige Sekunden später wieder an. Ich lief und lief. Ich schaltete die Klingeln aus, aber sie hörten nicht auf zu quäken. Mit der Zeit wurde ich immer verzweifelter. Meine Beine wurden bleischwer. Es war wie auf einem Laufband, das zu langsam läuft. Ich kam und kam nicht vorwärts. Irgendwann schnallte ich, daß in jeder Lampe mehrere Fliegen eingesperrt waren. Sie verursachten das Geräusch. Nachdem ich das begriffen hatte, wimmelte es mit einem Mal vor Fliegen im Haus. Sie saßen auf den Bewohnern und mir. Ich rannte durch den Todesstern und wollte nur noch hinaus. Plötzlich stand dort Annemarie. Ihr kleines verschrumpeltes Gesicht war verzerrt. Verzerrt von einem Schmerz, der nicht allein der ihrige war. Mit ihren Kinderfäusten versuchte sie vergeblich, sich die Ohren zuzuhalten, doch das Geräusch war in ihrem Kopf. Sie weinte und krümmte sich vor Leid. Ich wollte zu ihr laufen, stolperte aber über etwas Weiches. Sekunden später war mein ganzer Körper von Fliegen übersät. Ich wollte sie abschütteln, aber sie hatten sich festgebissen und sich auf einmal in kleine Piranhas verwandelt, die mich fraßen. Ich schrie und verschluckte dabei eines der Viecher. Es blieb mir im Hals stecken. Ich hustete und hustete. Mein Körper war beherrscht von dem Gefühl zu ersticken. Schweißgebadet schreckte ich hoch.

Am nächsten Tag ging die Sache mit dem Fenster weiter. Allerdings benutzte die Fliege jetzt die ganze Zelle zum Anflug. Dabei kam sie mir manchmal gefährlich nahe. Sie war dann wie ein Kampfflugzeug auf Angriffskurs, und ich kam mir vor wie James Stuart in „Der unsichtbare Dritte„. Nur schützte mich kein Maisfeld, ich konnte mich nur wieder unter der Decke verstecken. Dort blieb ich, bis ich keine Luft mehr kriegte. Dann saß ich in einer Ecke und beobachtete sie, bis mir schwindelig war. Kam sie zu dicht heran, schlug ich nach ihr. Wenn ich sie traf, geriet sie aus dem Kurs, landete irgendwo zwischen, putzte sich und flog weiter.

Nur während des Hofganges atmete ich auf. Müller fand, ich sähe schlecht aus und fragte, warum. Ich antwortete, ich hätte kaum geschlafen. Da kniff der Vollzugsbeamte die Augen zusammen und sah mich so seltsam an. Fast kam es mir vor, als stellte er die Ohren auf. Er sah aus wie eine Katze, die vor einem Mauseloch auf der Lauer liegt.

Die Rückkehr in ihre Zelle war die Hölle. Plötzlich war mir der Raum zu eng geworden. Es war unerträglich, ihn mit diesem Vieh, das dringend hinauswollte, teilen zu müssen.

Nachmittags kam der Gefängnispastor wieder. Ich war mit den Nerven ziemlich fertig. Er fragte, ob ich heute Wert auf ein Gespräch legte. Ich sagte: „Nein!" Da fing er an, davon zu reden, wie wohltuend es sein könnte, sich alles von der Seele zu reden. Er hatte eine tiefe Stimme und sprach als würde er predigen. Außerdem trug er eine weiße Hose. Genau so eine, wie wir in Lebensruh immer zur Arbeit tragen mußten. Es war einfach zuviel: Er stand in der Tür, und vor dem Fenster kreiste die Fliege. Die Wände kamen auf mich zu, und ich konnte nicht weglaufen. Etwas in mir explodierte. Ich schrie, ich hätte doch Nein gesagt, ob er das nicht gehört hätte! Der Mann sah mich überrascht an, klingelte dann aber nach dem Wärter, ohne noch etwas zu sagen. Als Müller ihn rausließ, warf er mir wieder so einen komischen Blick zu. Mir war klar, daß er darauf wartete, daß ich etwas zu ihm sage, aber es war mir egal, was in ihm vorging. Ich wollte meine Ruhe. Ich glaubte, ich könnte sie wiederfinden. Und letzten Endes ist Müller schließlich kein Freund, sondern der Schließer meiner Zelle.

In der zweiten Nacht muß ich vor Erschöpfung ein wenig geschlafen haben. Als ich heute morgen aufwachte, war es vorbei. Die Fliege lag auf dem Rücken am Boden, wie eine leere Hülle. Ich war froh, denn es war furchtbar gewesen, ihr beim Sterben zuzuhören. Ich hockte mich vor sie und pustete. Sie war leicht wie eine Feder. Ein einziger Hauch trug sie fast durch die halbe Zelle. Was immer sie so kräftig und schwer gemacht hatte, jetzt war es weg.

Die Stille tat gut, aber mit meiner Ruhe war es irgendwie trotzdem vorbei.

Ich lag wie sonst auf dem Bett und starrte auf das Fenster, aber etwas hatte sich verändert. Man blickt immer auf das selbe Stück Himmel, trotzdem ist es irgendwie nicht dasselbe.

Und dann begann ich mit dem Krafttraining. Ich machte es beim ersten Mal solange, bis die Muskeln schmerzten, der Kopf hämmerte und die Lungen beinahe explodierten. Dann legte ich mich aufs Bett, zählte Atemzüge, bis mein Brustkorb sich wieder beruhigt hatte und fing von vorne an. Der Muskelkater am nächsten Tag war höllisch, aber nach ein paar Tagen ging es besser. Ich spüre, wie mein Körper sich zu verändern beginnt. Es dauert, aber eine Brücke ist schließlich auch nicht einfach so da, sondern muß geplant und dann in mühevoller Arbeit gebaut werden.

Müller sagt, ich könnte auch in den Kraftraum gehen, aber wegen meiner Sonderbehandlung, weil ich nicht Umschluß habe, wie die anderen, müßte immer extra einer kommen, um mich dorthin zu bringen. Wenn ich daran denke, daß es Urtherer mit seinem genervten Gesicht sein könnte, bleibe ich lieber in meiner Zelle zum Trainieren.

Als Krissie mich heute nachmittag besuchte, hatte sie so eine seltsame Laune. Sie plapperte nicht gleich drauflos wie sonst, sondern sagte erst einmal gar nichts. Ich erzählte ihr, daß ich einen neuen Stuhl bekommen habe, aber auch da freute sie sich nicht wirklich. Ich fragte nach dem Todesstern, plötzlich machte sie eine abwinkende Handbewegung, wie um ein lästiges Insekt zu verscheuchen.

„Immer weniger Leute, aber eigentlich hat sich nicht viel verändert"

Wir waren im kleinen Besucherraum für die Anwaltsgespräche, und ich lehnte am Fenster und sah in den Hof hinunter. Dort standen ein paar Wärter und unterhielten sich. Sie machten finstere Gesichter und fuchtelten mit den Armen. In ihren Uniformen sehen sie von weitem alle gleich aus, und es dauerte eine Weile, bis ich Müller unter ihnen erkannte.

Neulich beim Hofgang hatte ich mitgekriegt, mit wem man sich gutstellen mußte, wenn man irgendwelche Sachen haben wollte. Ein Mitgefangener hatte es mir erzählt. Er hatte dabei eine Geste gemacht, daß ich wußte, er sprach von Drogen. Der Junge nannte auch einen Namen, der sagte mir aber nichts. Erst später, als Urtherer ihn holte und die beiden sich so komisch angrinsten, begriff ich, daß er von ihm gesprochen hatte. Aber mehr oder weniger ist hier wohl jeder zweite in unerlaubte Geschäfte verwickelt, das gehört wohl zum Job.

Krissie trug ein sandfarbenes Sommerkleid, das mich an irgend etwas erinnerte. Sie war braungebrannt, und ich dachte, bei diesem Wetter wäre sie vielleicht lieber am Strand, als ihre Zeit hier bei mir zu vertrödeln.

„Schönes Kleid!"

Sie sah nicht auf und murmelte: „Hab ich von Melle."

Im Besucherraum war es angenehm warm, aber draußen mußte die Hitze erdrückend sein. Ich sah, wie Müller seine Dienstmütze abnahm und sich die Stirn wischte. Auf seinem Hemd zeichneten sich dunkle Schweißflecken ab.

Ich hatte ihn nach dem Namen des Drogenjungen gefragt, aber er sagte nur: „Gib dich nicht mit dem ab, das ist einer von denen, die immer wieder hierher zurückkommen!"

Durch das Kleid wirkte Krissie seltsam verändert. Sie sah nicht mehr ganz so wie ein Junge aus. Ich hatte immer gedacht, Tom und Krissie würden sich bestimmt gut verstehen, und jetzt war es also Melle, mit der sie zuerst Freundschaft schloß.

„Warst du bei ihr?"

„Ja, sie hat mir bei meiner Bewerbung geholfen."

Ich sah Krissie an und mußte auf einmal denken, daß es hier drinnen vielleicht gar nicht so schlecht war. Es war alles überschaubar und geregelt. Krissie hatte mir erzählt, daß sie sich entschlossen hatte, Krankenschwester zu werden, aber daß die Ausbildungsplätze knapp seien und alles von ihrer Bewerbung und dem Vorstellungsgespräch abhinge.

Im Hof hielt jetzt ein Auto. Einige Beamte stiegen aus, ließen die Seitentür des Gefangenenwagens krachend aufschnappen und holten einen Häftling heraus. Ich sah, wie Müller seine Mütze aufsetzte und zu den Kollegen ging. In einer schattigen Ecke lehnte Urtherer. Er trug eine Sonnenbrille, sah aus wie Rambo und rauchte. Er hatte den Kopf in den Nacken gelegt, und es kam mir vor, als würde er genau zu mir hochsehen. Urtherer braucht nur zu grinsen, und man wußte, er ist zu allem fähig, weil er die Macht hat.

Krissie kramte in ihrer Tasche. Sie wirkte plötzlich entschlossen. Durch das einfallende Licht wirkten ihre Augen wie hellbrauner Samt. Ihre kurzen blonden Haare standen wirr vom Kopf ab. Sie kam mir vor wie eine Löwin im Sprung. Über den Tisch schob sie mir ein dicht beschriebenes Blatt Papier herüber. In ihrer großen wilden Schrift stand GEWALTWASCHANLAGE über dem Text.

„Was heißt das?"

„Das heißt, daß die Ursachen ausgeblendet werden sollen und du als Mördertype im Mittelpunkt stehst. Das heißt, daß Sachzwänge und Verantwortlichkeiten so lange gewaschen werden, bis nur der Einzeltäter übrigbleibt und angeprangert wird."

Mir drehte sich alles. Die Buchstaben verschwammen, sprangen umher und wollten keinen Sinn ergeben. Aber ich las tapfer weiter. Es war dort von katastrophalen Arbeitsbedingungen die Rede, von Bedingungen, die Betrug, Rohheit und Schlamperei nicht nur fördern, sondern geradezu erfordern. Um in dem Spagat zwischen Wirtschaftlichkeit und der humanistischen Lüge nicht zerrissen zu werden. So ungefähr jedenfalls. Ich habe nicht mehr alles im Kopf, was in dem Flugblatt stand. Alles was ich weiß ist, daß mir der wütende Ton gefiel. Ich konnte es richtig vor mir sehen, wie Priska und Krissie daran getüftelt hatten. Ich dagegen hatte bisher immer Schwierigkeiten, wütend zu werden, vielleicht sollte ich es weiterhin üben.

„Wir organisieren ein Treffen und 'ne Demo. Ich werde sogar eine Rede halten."

Krissie machte eine Pause und zündete sich eine Zigarette an. Sie schob mir die Kippen rüber, aber ich schüttelte den Kopf.

„Ich habe mit allen im Heim gesprochen, sogar mit den Bambuszwillingen. Die meisten machen natürlich nicht mit. Die sitzen lieber bequem zu Hause und machen ihren Männern Essen. Oder gehen in Discos auf die Pirsch nach Männern, denen sie etwas zu essen machen können. Einige haben 'ne richtig große Klappe, wie zum Beispiel Marie oder Tina, aber da kommt dann doch nichts bei rum. Von anderen verspreche ich mir dagegen doch 'was. Jens und Suse, mit denen zusammen ist bestimmt 'was möglich. Und Annette! Sie ist neuerdings im Betriebsrat, und das ist endlich mal eine, die auch etwas tut!"

Ich zog erstaunt die Augenbrauen hoch. Annette hatte ich als Stille, Ruhige in Erinnerung. Eine von denen, die oft krank waren. Eine von denen, die auch viel unter den Bambuszwillingen zu leiden gehabt hatte. Ihr Brief neulich hatte mich schon erstaunt und nun das!

„Ich bin bei ihr gewesen und sie sagte, sie hätte keine Lust mehr, sich alles gefallen zu lassen. Es klang, als hätte sie nicht nur Urth und Maike gemeint!"

Krissie lief im Raum umher und qualmte. Schräg gegenüber lag die Zelle des Selbstmörders. Ich dachte, daß der neue Gefangene bestimmt jetzt gerade dort untergebracht wurde.

In der Supervision hatte die Gruppenleiterin uns einmal gefragt, was wäre, wenn die Zwillinge nicht mehr da wären? Ich hatte mich irgendwie über diese Frage geärgert, aber Krissie hatte nur gelacht und gesagt: „Dann könnten wir in aller Ruhe zynisch werden, dann wäre dieser Posten nicht mehr so total besetzt!"

Der Hof war jetzt leer. Ich versuchte mir vorzustellen, aus einem Klassenzimmer in den Pausenhof hinunterzugucken, aber die Kameras und der Natodraht störten die Illusion. Ich schloß die Augen, aber die Bilder blieben. Man sieht Gänge, Flure, Gitter und Stacheldraht. Man fühlt Wände, Mauern, Wachtürme und Kameras. Man ist umgeben von Beamten mit Kontrollblicken, Mützen, Uniformen, Trillerpfeifen, Revolvern. Man lebt mit Gittertüren und Eisentüren, mit großen verschlossenen Toren und kleinen Zellentüren mit Spionen darin. Das gesamte Leben spielt sich auf einmal vor Zeugen ab. Und ständig die Schlüssel, große altmodische Schlüssel, riesige Schlüssel, unbarmherzige Schlüssel, unerreichbar. Nur ihre Geräusche, die bleiben, sind immer da: aufschließen, zuschließen, wegschließen, einschließen.

Bald würde Krissie dort langgehen, zur Eisentür neben dem großen Tor. Von hier oben sah die Mauer rund um den Knast gar nicht so schlimm aus, aber tatsächlich war sie kilometerdick. Ich dachte, für Krissie ist kein Gitter da, keine Mauer, nichts, was sie hindert zurückzukehren in die Sonne.

„Manchmal habe ich Angst, zu vergessen, wie die Luft da draußen riecht, zu vergessen, wie ein freier Tag am Strand schmeckt!"

Krissie drückte ihre Zigarette aus und kam zu mir rüber. Sie setzte sich auf den Tisch und griff nach meiner Hand. Es kam mir vor, als würden wir für immer so stehenbleiben müssen. Ich konnte meinen Blick nicht vom Fenster nehmen, etwas hielt ihn daran fest. In meinem Hals würgte es, und einen kleinen Moment lang hatte ich Angst, keine Luft mehr zu kriegen.

Dann war es vorbei, und Krissie sagte: „Matts! Melle und ich haben eine Überraschung für dich! Wir haben dir ein Märchen geschrieben. Priska malt noch daran."

Jetzt konnte ich sie ansehen. Sie fuhr sich durchs Haar, zündete sich wieder eine Kippe an und begann sich zu konzentrieren.

„Es geht um einen Tanzbären im Zirkus, der Brumbunkulus hieß, einen Bären, der die meiste Zeit freiwillig in seinem Käfig blieb, außer natürlich wenn er in der Manege auftreten mußte. Er war vor seinen Käfig angekettet, an einen Stock, den er leicht hätte herausziehen können, aber er tat es nicht, weil ihm das überhaupt nicht in den Sinn kam. Die Kette war sehr lang, und Brumbunkulus wanderte daran von seinem Käfig hinaus und von draußen wieder herein. Bei jeder Bewegung des Tieres klirrte sie, und er hatte sich schon so an die Töne gewöhnt, daß sie ihm wie Musik vorkamen und er sogar raushatte, daß bestimmte Bewegungen bestimmte Töne erzeugten. Manchmal machte er sich den Spaß, richtige Melodien damit zu spielen."

Krissie legte eine kleine Pause ein und schien nachzudenken. Oben auf dem Dach hatten wir das oft getan: ich hörte zu, und sie erzählte Märchen. Sie wußte, daß ich das liebte. Es war schon beeindruckend, was ihr immer alles einfiel.

„So vergingen seine Tage. Der Bär spielte mit der Kette, wanderte, tanzte jeden Abend vor dem Publikum im Zelt, bekam Zucker als Belohnung und wurde träge und faul. Er war eigentlich mit seinem Leben ganz zufrieden, weil er es nicht anders kannte. Nur manchmal, wenn er an einem besonders schönen Tag den Liedern der Vögel über ihm lauschte, wurde er etwas melancholisch, und es war ihm, als würde er etwas vermissen. Da er aber nicht wußte, was das sein sollte, brummte er nur, und sein Herr, der das hörte, sagte: Na Alter? Hast wohl schlecht geträumt?

Der Herr von Brumbunkulus war klein und dick und sehr behaart und sah seinem Bären ziemlich ähnlich. Er gab dem traurigen Bären eine kleine Leckerei und kraulte ihn am Kopf, dort hinter den Ohren, wo Bären es besonders gerne haben, und das Tier vergaß das Lied der Vögel und leckte dem Menschen die Hand.

So drehte sich die Erde weiter und weiter, viele Male um sich selbst, und der Bär tanzte und machte Kunststücke. Das Publikum war begeistert, klatschte und rief: Brumbunkulus, Brumbunkulus!

Es hätte in dieser Weise nun weitergehen können bis zum letzten Morgenrot. Eines Tages jedoch, als der Bär wieder einmal traurig brummte, hörte sein Mensch ihn nicht, weil er gerade damit beschäftigt war, der Seiltänzerin Luise von seinen Abenteuern im fernen Afrika zu erzählen. Luise war ein kleines Persönchen mit sehr kleinen Ohren und darum meinte der Bärenmann, sehr laut sprechen zu müssen. So kam es, daß er seinen Brumbunkulus dieses Mal nicht hörte. Der Tanzbär brummte noch einmal ganz laut aus tiefstem Herzen, und dieses Brummen war wie eine Fontäne aus Bauchtönen, die weit hinauf in den Himmel stob. Ein Flugzeug flog mitten durch die Bärentöne, ohne sich darum zu kümmern, aber einer der wilden Vögel wurde aufmerksam und kam zu unserem Bären an den Käfig geflogen. Es war keiner von den gezähmten Vögeln des Vogeldompteurs, mit denen der Bär sich manchmal unterhielt, sondern ein wirklich wilder Rabe, der die Trauer des Bären gewittert hatte. Der Vogel war so schwarz, daß die Sonne auf seinem Gefieder schillerte, und seine Flügel waren so stark, wie es der Bär noch nie gesehen hatte.

Der Rabe legte den Kopf schief und sah das Zirkustier an. Der Bär blickte zurück, und als ihre Augen lange ineinander geruht hatten, sagte der Vogel: Aber ich sehe, daß dein Käfig nicht einmal verschlossen ist und du dich nur loszureißen bräuchtest, dann wärest du frei!

Der Bär schnaubte und nieste, weil ihm etwas in der Nase kribbelte, dann sagte er: Warum denn? Hier hab' ich doch alles!

Du riechst aber nach Kummer und Trägheit!

Brumbunkulus schüttelte seinen mächtigen Kopf und antwortete: Unsinn! Der Mensch badet mich jeden Montag in edlen Düften, damit mein Fell schön weich ist und die Kinder mich gerne streicheln. Das ist es, was du riechst und nicht kennst, und darum kommt es dir wie etwas Schlechtes vor!

Der Rabe schlug mit den Flügeln und krächzte. Fast hörte es sich wie Gelächter an. Dann trippelte er zwei Schritte vor und einen zurück und plusterte sich auf: Ich rieche den Mief der Gefangenschaft auf 147,89 Kilometer gegen den Wind, und du trägst diesen Geruch wie ein sichtbares Kleid an dir!

Der Vogel wollte noch etwas hinzufügen. Er setzte an und sagte: Freiheit... und dabei bekamen seine Augen einen so merkwürdigen Glanz, daß der Bär verärgert knurrte und begann, seinen Rücken an den Stäben des Käfigs zu scheuern.

Freiheit! So ein Quatsch! Wo soll die denn wohl zu finden sein? grollte Brumbunkulus.

Der Vogel, der jetzt Mühe hatte sich auf dem schwankenden Käfig zu halten, zeigte mit einer seiner Schwingen weit in die Ferne: Dort, weit hinter dem Ende des Blickfeldes, weit über den Horizont hinaus, drei mal fünfhundertundzwölf Flügelschläge weiter, als man denken kann, da liegt ein hoch aufgetürmtes Gebirge, und in dessen höchsten Höhen befindet sich ein Plateau voller Zufriedenheit und Erfüllung!

Der Bär kratzte sich hinter dem Ohr, wie Bären es immer tun, wenn sie nachdenken, dann leckte er sich die Tatzen, eine nach der anderen, ganz gemächlich und tat, als hätte er den Raben vergessen. Eine Weile wartete der Vogel geduldig, dann wartete er ungeduldig. Brumbunkulus war schließlich damit fertig, seine Tatzen zu lecken, und da war ihm auch endlich eine Antwort eingefallen. Ganz leise murmelte er: Du bist ein dummer Vogel! Siehst du nicht, daß ich keine Flügel habe?!

Der Tanzbär richtete sich auf, schüttelte sich, als hätte er in einem Fluß ein Bad genommen und knurrte: Nie im Leben käme ich dorthin! Die Strecke ist zu weit! Der Weg ist zu schwer! Ich bleibe, was ich bin, nicht frei, aber Bär!

So sprach Brumbunkulus, und dann begann er zu summen und zu brummen, als wäre er in der Manege. Er tanzte und wiegte sich zu seiner Melodie, daß die Kette zu klirren begann und der Käfig wieder gefährlich wackelte. Der Rabe breitete die Flügel aus und flog erschrocken davon. Er dachte: Diese Vierfüßler sind wirklich seltsame Geschöpfe! Nicht nur ihre Körper, sondern auch ihre Gedanken kleben am Boden!

Weil das Rumpeln des Käfigs aber noch lauter als das Herzklopfen des Bärenmannes für Luise war, hatte der Bärendompteur nun aber endlich seinen Brumbunkulus gehört. Er kam eilig herbeigelaufen, gab dem Tier Zucker und kraulte es, bis es sich wieder beruhigt hatte.

So drehte sich die Welt weiter und weiter um sich selbst, daß man sich wundert, daß den Menschen und Tieren darauf nicht schwindelig wird.

An dieser Stelle könnte die Geschichte zu Ende sein", sagte Krissie und drückte ihre Zigarette aus, „ist sie aber nicht! Denn, eines Abends, als der Bär gerde besonders schön tanzte, schrie mit einem Mal ein Kind so laut auf, weil es von seinem Bruder gezwickt worden war, daß Brumbunkulus erschrak, aus dem Takt kam, taumelte und hinfiel. Das Publikum raunte und sagte: Ah! und Oh! Der Bär aber erhob sich, und weil er zeigen wollte, daß nichts passiert sei, daß er ein großer und starker Bär und ihm die ganze Sache auch peinlich war, stellte er sich auf die Hinterbeine und brüllte und fuchtelte mit den Tatzen. Da bekamen es die Menschen mit der Angst. Jemand schrie: Der Bär ist los! Seht nur, er greift uns an! Und schon stürmten die Leute aus dem Zirkuszelt und liefen nach Hause, um sich zu erzählen, was sie Gefährliches erlebt hatten.

Der Dompteur, der an diesem Abend sowieso schlechte Laune gehabt hatte, weil er gesehen hatte, wie Luise, die Seiltänzerin, den Zirkusdirektor geküßt hatte, griff ärgerlich nach der Kette, die ihm aus der Hand geglitten war, als unser Brumbunkulus stürzte, schlug mit der Peitsche nach dem Tier, zerrte es aus der Manege, sperrte es in seinen Käfig, sagte: Eine Kette bindet den, der sie hält, sowie den, den sie halten soll! Und dann ging er auf und davon und ward nicht mehr gesehen.

Der Bär wußte nicht, wie ihm geschah, er wußte nur, daß alles anders werden würde. Und er behielt recht: von nun an verbrachte Brumbunkulus all seine Zeit im Käfig. An den Stäben war ein Schild befestigt:

Gefährliche Bestie!

Anfassen und füttern verboten!

Betrachten: 99 Pfennig!

Die Welt drehte sich deswegen kein bißchen langsamer, obwohl es dem Bären so vorkam und er von Tag zu Tag trauriger wurde. Aber weil Bären nicht weinen können, schaute er nur ganz wehmütig in den Himmel und summte den Wolken ein Lied. Die Leute kamen, um den gefährlichsten Bären der Welt zu sehen, von dem sie schon so viel gehört hatten, bekamen eine Gänsehaut und waren froh über die Gitterstäbe zwischen sich und dem Tier. Nur die ganz Frechen warfen heimlich auch mal einen Stein. Dann drehte der Bär sich um, zeigte ihnen seinen Rücken und tat, als ob er davon nichts merkte.

So zog der Zirkus von Stadt zu Stadt. Noch viele Steine flogen in den Käfig, und das Lied des Bären wurde immer trauriger.

So hätte es gehen können, Tag für Tag, Jahr für Jahr, bis der Bär grau und schwach geworden wäre und schließlich sterben würde, es kam aber anders. Als der Gesang des Bären am kummervollsten war, hatten schließlich die Wolken Mitleid. Sie ballten und formten sich zu einem großen Bären zusammen, der über den Himmel zog, frei und ungebunden, und da war der Tanzbär im Käfig schon nicht mehr ganz so traurig, weil er sich vorstellte, das sei er da oben am Himmel. Eine Weile ging es ihm besser, aber dann wieder schlechter und dann wieder besser und schließlich noch schlechter. Eines Tages, als gar nichts mehr half, als die Traurigkeit im Innern des Bären sein Herzchen ertränken wollte, da wurde auch die Bärenwolke so traurig, daß sie zu weinen begann. Ihre Tränen kamen unten auf der Erde als dicke Tropfen an. Erst wurden es Rinnsale, dann Bäche, dann reißende Flüsse, die das Land überschwemmten. Der Käfig mit dem Tanzbären riß sich los und trieb auf den Wellen, bis er an einem Felsen zerschellte. Und plötzlich, hast du nicht gesehen, war der Tanzbär frei. Und da war er klüger geworden und lief davon, weit hinein in das Land und dann hinauf in die Berge.

Es war ein beschwerlicher Weg. Der Bär erlebte viele gefährliche Abenteuer, die ich aber ein anderes Mal erzähle.

Manchmal war Brumbunkulus so müde, daß er schon dachte, er könnte nicht mehr weiter, aber er gab doch nicht auf. Er wollte in das Land ganz weit hinter dem Ende des Blickfeldes, weit über den Horizont hinaus, drei mal fünfhundertzwölf Flügelschläge weiter, als er jemals gedacht hatte, dorthin, wohin sich bis dahin noch nie jemand gewagt hatte, in das Land, von dem ihm der Rabe einst erzählt hatte.

Es war eine lange, sehr lange Reise, und weil Flügelschläge keine Bärensprünge sind, dauerte es noch länger als lang, aber schließlich, nach vielen Gefahren und Mühen, kam unser Bär schon fast am Ende seiner Tage dort an. Und da war er längst kein Tanzbär mehr, sondern ein freier, starker Bär mit klarem Blick, der in dem wilden Land sein Grab fand und ohne Angst und glücklich und zufrieden starb.

Krissie schwieg. Sie zündete sich wieder eine Kippe an und trat zu mir an das Fenster. Ich dachte, daß ich schon begriffen hatte, was sie damit hatte sagen wollen, ich bin ja nicht doof.

„Ein anderes Ende hätte mir besser gefallen, eines, in dem der Bär nicht stirbt!"

„Das muß so sein!" antwortete meine Besucherin. „Das ist im Leben so vorgesehen!"

Dann standen wir noch eine Weile wie blöde am Fenster herum. Krissie sah jetzt auch hinunter in den Hof. Das Würgen in meinem Hals begann schon wieder, und als ich schon dachte, jeden Moment ersticken zu müssen, sprach ich zu Kristina über die Verhandlung. Ich hatte das nicht vorgehabt und vorher auch gar nicht gewußt, was ich sagen würde, aber plötzlich waren die Worte da. Ich erzählte ihr von meiner Angst, und daß ich nicht wüßte, was ich in der Verhandlung sagen solle. Ich erzählte von meinen Tagen in der Zelle und dem Erinnerungsspiel. Und ich sprach auch von Frau Schlegel und all dem, was mir so durch dem Kopf ging. Die Worte kamen aus mir heraus, als hätten sie lange darauf gewartet, ausgespuckt zu werden. Ich erzählte von der Gefangenschaft, von den Minuten, Stunden, Tagen und Wochen, in denen die Enge und das Eingesperrtsein sich wie feiner Sand überall in dir einnistet. Man merkt es erst kaum, aber dann plötzlich eines Morgens ist es da, du spürst es, es knirscht in jedem Gelenk, bei jeder Bewegung, bei jedem Gedanken. Und du denkst erst, es ist deine überreife Phantasie, die dich wirklich etwas knirschen hören läßt, aber dann merkst du, dieses Geräusch ist wirklich da, und es ist keine Einbildung, keine unwirkliche Vertonung deiner entzündeten Gedanken, sondern deine Zähne, die wie Mühlsteine aufeinander mahlen. Zuletzt sagte ich Krissie noch, daß ich gerne wie sie sein würde und wie toll ich das, was sie alles veranstaltet, finde.

Kristina hatte mir zugehört und dabei die ganze Zeit auf ihre Schuhe gestarrt. Sie sagte eine ganze Weile nichts, als müßte sie meine Worte erst einmal verdauen. Dann sah sie mich an: „Die Grenzen zwischen Erträglichem und Unerträglichem sind offen wie die von Europa neuerdings. Niemand verlangt einen Paß. Das Böse kommt nicht wie Darth Vader daher, nein, es ist unsichtbar, wie Krebs. Ein Körperfresser, der sich in dir einnistet, dich ausfüllt und zu einem Teil von dir wird. Wenn du es merkst, ist es nicht zu spät, nein, das ist Propaganda des Bösen, Bär, wenn du es merkst, hast du die Wahl zwischen Tod und Leben, dazwischen weiterzumachen, nichts dagegen zu tun und andere anzustecken oder gesund zu werden und dich auf das Wesentliche, das Menschliche fernab von Leistung und Konkurrenz, Profit und Gewalt zu konzentrieren!"

Als sie so redete, kam es mir vor, als wäre sie plötzlich zehn Meter groß geworden. Ich hatte das Gefühl, jeden Moment würde ihr Kopf an die Decke der Zelle stoßen, sie zum Einsturz bringen, darüber hinaus wachsen und das ganze Gebäude in Schutt und Staub verwandeln. Ich lächelte, obwohl ihre Worte klangen, als würde sie schon eine Rede halten und mir war, als würde etwas in mir mit ihr wachsen.

Schließlich gab es nichts mehr zu sagen. Wir umarmten uns, und Krissie ging. Als der Schließer die Tür öffnete, blickte sie sich noch einmal um. Sie wünschte mir nicht viel Glück, alles Gute oder möge die Macht mit dir sein, sie sah mich nur an. Dann nickte sie mir zu und trat in den Gang hinaus.

Kristina hatte nichts davon gesagt, wann sie wiederkäme, aber so sicher wie ich wußte, daß etwas Neues begann, so sicher wußte ich, daß wir uns bald wieder sehen würden.

Es hat endlich geregnet. Eine dampfende Schwere liegt in der Luft. Die Farben und Gerüche sind jetzt klarer, nicht mehr so ausgeblichen wie während der wochenlangen Hitze.

Der Regen kam plötzlich und hielt stundenlang an. Ich stand unten im Hof, als es losging. Es war wie ein Wasserfall, wie eine Sinflut und schon nach wenigen Sekunden war ich platschnaß. Das T-Shirt klebte mir am Körper, aber ich streckte die Arme aus und genoß jeden Tropfen dieser Dusche.

Drinnen im Gebäude ist es heute Abend wie in einer Gruft, muffig, feucht und kühl.

Das Scheppern der Essenswagen kann man im ganzen Gebäude hören. Um 17:30 Uhr wird im Knast das Abendbrot verteilt, genau wie auf dem Todesstern, aber hier ist genug Zeit zum Verteilen. In Lebensruh war auch das, wie alles, eine Hetzjagd gegen die Zeit. Jede Minute vom Austeilen ging von der Zeit für die Eßhilfen ab. Manchmal fing die Küche vorne schon wieder an abzuräumen, wenn wir hinten gerade fertig waren, zu verteilen. Da mußtest du dich ranhalten, um in deine Leute wenigstens ein bißchen Essen reinzukriegen. Bei Bewohnern, die sich sperrten, hatten wir die Anweisung, mit der Spritze zu arbeiten. Das ging dann zack, zack. Aber Frau Schlegel war der Horror. Sie aß gerne und viel, aber super langsam. Sie wollte immer nur Suppe, morgens wie abends, und wünschte mit dem Teelöffel gefüttert zu werden. Das machte mich wahnsinnig! Außerdem fand ich es irgendwie eklig. Sie öffnete den Mund immer nur ein bißchen und schob gleichzeitig die Zunge ein wenig nach vorne. Krissie sagte einmal, das sähe aus wie eine Klitoris, die zwischen den Schamlippen hervorguckt. Seitdem fühlte ich mich immer unwohl. Sie zu füttern, fand ich schlimmer, als die Hand in den After zu stecken und sie auszuräumen.

Neulich fragte mein Anwalt mich, ob ich traurig gewesen sei über Frau Schlegels Tod, und ich antwortete: „Natürlich nicht!" Dann wollte er wissen, warum nicht und ich erklärte ihm, daß es im Heim üblich sei, den Tod als Erlösung zu sehen. (Er fragte nicht, für wen, und ich hätte darauf auch nichts sagen können). Die Kollegen sprachen nicht von Tod oder sterben, sie sagten: geschafft, als sei etwas Schlechtes zum Abschluß gekommen und etwas Positives könne nun beginnen. Am Anfang hat mich das erstaunt, weil ich schon immer Angst vor dem Tod gehabt habe.

Frau Probst war auf unserer Station meine erste Tote (ich hab sie nicht gesehen; als ich zum Dienst kam, war sie schon weg). Ich war damals irgendwie traurig, aber die anderen sagten, sie hat es endlich geschafft, es ist besser so. Als nächstes kam Herr Gerber, und da hieß es, er hat es geschafft, es war ihm zu wünschen. Man gewöhnt sich daran, diese Formeln zu benutzen, für Anteilnahme blieb keine Zeit, und mit diesen Sprüchen spürte man die Angst nicht so. Sie sind wie die Schlüssel im Knast, mit denen man nur ab- und einschliessen kann. Durch sie vermeidet man Gedanken, bevor sie entstehen. Als Altenpfleger bekommt man sein Geld dafür, daß man die Leute am Sterben hindert. Aber man muß eben wissen, wann man verloren hat und sich auf die nächste Schlacht konzentrieren. Was das Sterben angeht, besteht dieser Job zum größten Teil daraus, ein guter Verlierer zu sein. Immer wieder. Eene meehne Muh. Wenn es auf einer Station erst einmal losging, blieb es ja nicht bei einem. Keiner geht allein. Hatte der schweigende Wanderer erst einmal einen geholt, folgten bald zwei weitere. Die alten Hasen wie Marie, Annette oder die Bambuszwillinge hatten einen Blick dafür. Die konnten meist schon im voraus sagen, welches Bett als nächstes frei werden würde. Bei Müller ist es so ähnlich. Er sagte mir vorhin, daß in der nächsten Woche mein Prozeßtermin sei. Und dann meinte er noch: „Wenn du keine Dummheiten machst, bist du bald auf Nimmerwiedersehen raus!"

Es hängt ziemlich viel von der Aussage der Nachtwachen ab. Die haben zuerst behauptet, ich hätte die Leiche schön hingelegt, so, als schliefe sie. Und es ist wahr, ich erinnere mich, ich habe beim Rausgehen Frau Schlegels zerwühlte Decken schnell glatt gezogen. Dabei habe ich sie aber weder angesehen, noch auf sie geachtet. Also weiß ich nicht, ob sie da noch lebte, wahrscheinlich ja. Es ist gruselig zu merken, wie blind man war, aber *zurechtgemacht*! So ein Unsinn! Aber ich kann mir schon denken, wie das passiert ist: die wollten auch nichts als ihren Arsch retten. Ist ja auch 'n ziemliches Ding, wenn man drüber nachdenkt: da liegt die ganze Nacht 'ne Tote, und die Nachtwachen merken es nicht, bzw. stoßen erst drauf, als sie ihr morgens die Tabletten geben wollen. Ist doch klar: Johanna und Axel waren froh, daß der Quengelheini Schlegel ruhig war und haben gar nicht weiter Licht angemacht oder nach ihr gesehen. Oder erst, als es unbedingt notwendig war. Ne ziemlich heikle Geschichte. Verstehen kann ich es schon irgendwie, die haben nachts zu Zweit über sechzig Bewohner zu versorgen und müssen noch Wäsche verteilen und einsortieren und wer weiß was noch alles. Das ist schon ein ziemlicher Hammer! Wenn alles ruhig ist, haben die beiden, wenn es hoch kommt, ein bis zwei Stunden Pause. Aber das auch nur auf dem Papier, denn tatsächlich sieht es so aus, daß immer jemand klingelt. Und wenn sie gerade einmal rum sind im Haus, eigentlich wieder von vorne anfangen können. Da kann ich schon verstehen, wenn sie über jeden, der sich nicht muckt, froh sind und den Teufel tun, um denjenigen zu wecken. Ich meine, man muß ja bedenken, daß die Nachtwachen spätestens ab fünf dann auch schon wieder mit dem Vorwaschen anfangen müssen. Na, und als sie Licht angemacht haben, um mit Frau Bauer loszulegen, dabei ist es wohl passiert, dabei müssen sie dann gemerkt haben, was Sache war. Keine Ahnung ob die sich abgesprochen haben, wahrscheinlich nicht. Ich nehme an, daß Axel bei ihr war, weil der Westflügel meistens seine Tour ist. Und vielleicht hat er Johanna zuerst nichts davon gesagt, daß er Frau Schlegel bei beiden Windelrunden in Ruhe gelassen hat, sondern hat einfach die Todeszeit mit circa vier Uhr angegeben. Erst später, als man dann rausgekriegt hatte, daß sie erstickt ist, wurde nachgeforscht. Da mußte Axel mit der Sprache raus, es hieß dann auf einmal, er hätte zwar nach ihr gesehen, aber sie war so ordentlich zur Seite gerollt und wie schlafend gebettet, daß ihm eben nichts aufgefallen sei. So ähnlich muß es gewesen sein, denn daß sie nicht auf der Seite gelegen hatte, das weiß ich ziemlich genau.

Krissie sagt: „Dein Pech, Bär, daß gerade irgendwelche Medienfritzen und Pathologen den Beweis erbringen wollten, daß viele alte Leute nicht eines natürlichen Todes, sondern an Unterernährung, Flüssigkeitsmangel oder Dekubitus sterben! Dein Pech, Bär, daß Frau Schlegel deren Glückszahl war!"

Meine Mutter hat mir Klamotten für die Verhandlung gebracht. Es war auch ein weißes Hemd dabei, aber es gefiel mir nicht. Sie sagte: „Aber Matthias...!", so wie sie früher immer „Aber Thomas...!" gesagt hatte, wenn mein Bruder einen seiner Wutanfälle hatte. Tom regt sich leicht auf und geht oft gegen an, darin kommt er ganz nach unserem Vater.

Nachdem ich das Hemd abgelehnt hatte, schwieg meine Besucherin und überlegte, weil die Situation neu war. Ich aber sagte noch einmal: „Nein!" Und damit hatte es sich.

Sie haben meine Wohnung ausgeräumt. Krissie, Priska und meine Mutter. Es befindet sich jetzt alles, was einmal mir gehörte, in Kartons und soll auf Kristinas Dachboden. Aber das wollte ich nicht.

„Ich werde eine Liste machen, wer was bekommt, der Rest kann weg!"

Meine Mutter sah zu Boden: „Naja, warum nicht. Du kannst die Sachen ja später wiederbekommen, was sollen die nutzlos herumstehen?"

Ich denke nicht, daß ich etwas wiederhaben möchte. Es interessiert mich nichts mehr davon. Nicht einmal die Videos und CD's. Ich werde ein anderer sein, wenn ich hier herauskomme.

Die Psychologin kommt nicht mehr, ihr Job ist erledigt.

Auch Krissie war zu ihrem letzten Besuch hier. Wenn sie mich das nächste Mal sieht, werde ich schon bei den Verurteilten sein.

Krissie sagte, Maike wird jetzt bald PDL, und sie erzählte auch alle Hintergründe, aber ich konnte kaum zuhören. Vielleicht hatte ich etwas Falsches gegessen, mir war so flau und ich hatte das Gefühl, gleich kotzen zu müssen. Das wäre ziemlich peinlich gewesen.

In einem der anderen Häuser unseres Trägers hatte die Chefin gehen müssen, weil irgendwie die Mißstände zu arg waren. Die Mitarbeiter hatten gestreikt und zwar so konsequent, daß letzten Endes der Vorstand etwas unternehmen mußte. Der freie Platz war dann von Sabine, unserer früheren PDL, besetzt worden. Und bei uns im Haus kam außer Maike und Urth niemand in Frage, die Leitung zu übernehmen. Krissie erzählte es ganz kleinlaut. Ich kann mich noch gut erinnern, zu Anfang hatten wir uns geschworen, durchzuhalten. Krissie hatte zu mir gesagt: „Weißte was Bär? Laß mal gut sein, wenn die schon alle nicht mehr da sind, werden wir noch hier sein!" Und dann hatte sie mir ihren Hand zum Abschlagen hingehalten. Na, und was ist jetzt?

Ziemke mußte auch gehen, weil er sich damals, als es darum ging, mir nach der Probezeit zu kündigen, so für mich eingesetzt hatte. Tut mir echt leid für ihn. Er kann wirklich am wenigsten für die ganze Geschichte. Der hatte ja von kaum etwas eine Ahnung. Als Heimleiter braucht man schließlich bloß ein Gesundheitszeugnis, mehr nicht.

Ziemke konnte mich gut leiden, also hat er sich für mich eingesetzt und eine Verlängerung herausgeschlagen. Das wußte ich damals nicht. Maike, Urth und Sabine taten so, als seien sie es, die mir noch einmal eine Chance geben wollten. Krissies Theorie ist, daß der Chef sich im Grunde nur für mich eingesetzt hätte, um dem miesen Trio etwas entgegenzusetzen. Die machten ihm das Leben ja auch zur Hölle. Ich kann dazu nichts sagen. Ich weiß nur, zu mir war er immer super nett.

Krissie will auch bald kündigen. Sie sagt, sie wolle in diesem Scheißladen nur noch so lange bleiben, wie die ganze Sache mit mir läuft. Irgendwie um alles zu beobachten oder so, dann wolle sie 'n Abflug machen. Ich drücke ihr die Daumen, daß es mit ihrer Bewerbung klappt.

Krissie hat mir ihre Rede mitgebracht und ich war ziemlich beeindruckt

Ich fragte, wie sie das denn alles schaffe, wo sie doch arbeiten muß,
und sie sagte, daß müsse eben alles gehen, Organisation sei alles.

„Wenn nicht wir den Mut haben, die Augen zu öffnen und die
Wahrheit zu sagen über das, was dort auf dem Todesstern passiert,
wer dann? Die Angehörigen sehen nur, was man sie sehen läßt und
was sie sehen wollen, die Bewohner haben keine Chance, die Leitenden wollen ihre Ärsche retten genau wie alle, die an der Pflege
gut verdienen, aber die Angestellten, wir, die tagtäglich die Hände
der Alten halten und ihre Windeln wechseln, wir, die zwischen den
Fronten zerrieben werden, weil wir nicht für unsere eigenen Interessen kämpfen, wir müssen endlich aufhören zu jammern und zu klagen und anfangen, etwas zu verändern!"

Wenn ich an die Demo denke, wäre ich auch gerne mitgegangen,
und wenn ich mir vorstelle, wie Krissie oben auf einem Lautsprecher-
wagen steht und Reden schwingt, wäre ich doch gerne wenigstens
Hausmeister in dem Haus mit den lila Wänden.

Als ich ihr von dem Pfaffen erzählte, den ich rausgeschmissen hatte,
sagte sie: „Bravo! Ich wußte, daß es noch mehr für Sie gibt als nur
Geld!" Dann drückste sie ein bißchen, so daß ich wußte, es war irgendwas los. Ich wollte sie noch ein bißchen zappeln lassen, bevor
ich fragte, aber schließlich hielt sie es nicht mehr aus: „Nun frag schon!"
Ich grinste aber nur und piepste wie R2. Da zog sie aus ihrer Tasche
ein paar Handschuhe, lila mit schwarzen Sternen, und sagte mit einem
verschämten Lächeln, wie Leute es haben, die sich selber loben und
denen das unangenehm ist: „Deine Mutter ist wieder marschiert und
hat mir das geschenkt!" Sie gab mir die Handschuhe. Ich fühlte die
Wolle und sah die Dinger an, als wären sie aus Goldfäden gemacht.

„Als ich vor ein paar Tagen nach Hause kam, war sie da, und Priska
und sie haben sich unterhalten! Kannst du dir das vorstellen? Die saßen stundenlang zusammen und haben Tee getrunken, und alle zehn

Minuten fiel mal ein Wort, aber die fanden das Klasse und meinten, sie hätten sich prima verstanden!"

Ich mußte lachen, dieses Lachen, das Krissie früher immer das Jabbadröhnen genannt hatte, und fast hätte ich einen Schreck gekriegt, weil ich merkte, daß ich schon lange nicht mehr wirklich gelacht hatte. Und bevor Krissie ging, gab sie mir noch ein paar Kekse, die sie selber gebacken hatte. An diesem Abend war mir zumute wie jemandem, der lange vor etwas davonläuft, plötzlich stehenbleibt, sich umsieht und merkt, daß er gar nicht mehr verfolgt wird. Ich heulte, bis meine Augen so dick waren wie die von Sylvester Stallone in Rocky I.

Ich dachte noch einmal über alles nach, dachte an den Abend, an Frau Schlegel, an die Wolken. Daran, wie ich ihr Bett glattzog und aus dem Zimmer ging. Und wie es, kaum daß ich aus der Tür war, wieder losging.

„Hil! Hil! Hil!,,

Wie ich stehenblieb, tief durchatmete und die Augen schloß.

„Hil! Hil! Hil!

Wie ich die Zähne zusammenbiß, die Fäuste ballte und mein Gesicht sich verzerrte.

„Hil! Hil! Hil!

Ich hatte keine Tränen mehr. Ich wollte nur noch nach Hause. Und dann sah ich Annemarie. Ja, ich habe sie gesehen. Aus den Augenwinkeln. Mit ihrem Schmusekissen, das auf dem Boden lag, weil sie versuchte, sich die Ohren zuzuhalten. Und da lichtete sich der Nebel. Ich wußte plötzlich, was passiert war, weil ich es mir vorstellen kann. Und es ist wichtig, zwischen Schuld und Schuld zu unterscheiden. Meine Taten waren Untaten, aber ich bin kein Mörder, soviel ist mir jetzt klar.

Ich habe einen Brief von Jessica bekommen. Darin schreibt sie, daß sie eine Therapie machen will und wir Freunde bleiben können.

Ich hab mit Krissie gesprochen, und sie sagt, sie werde mich heiraten nach dem Prozeß, damit sie mich öfter besuchen kann. Es bekommt ja nicht jeder andauernd Besucherscheine. So habe ich den Zusammenhang verstanden. Ich mußte den ganzen Tag lachen bei der Vorstellung, mit Kristina Mans verheiratet zu sein und dann vielleicht auch so zu heißen.

Ich denke in letzter Zeit wieder viel an Jessica, so wie sie war am Anfang, als noch alles gut lief zwischen uns, vor dem Schweigen.

Jemand hat mal gesagt, man täuscht sich immer zweimal in dem Partner, einmal zu Anfang, wenn man glaubt, etwas Bestimmtes in ihm gefunden zu haben, und dann später, wenn man glaubt, ihn zu kennen. Ich stelle mir vor, wie es war, unsere Küsse, unsere Umarmungen. Zuerst lief es prima zwischen uns, auch im Bett, aber irgendwann hörten wir einfach auf, miteinander zu schlafen. Sie wollte nicht, und ich bin nicht der Typ, der das ständig haben muß. Keine Ahnung, wo sie mit ihrer Lust blieb, vielleicht hätte ich sie fragen sollen, aber vielleicht hatte ich auch Angst vor der Antwort.

Ich finde es gut, was Krissie alles veranstaltet, und ich weiß auch nicht, warum wir nicht früher etwas versucht haben. Irgendwie gaben wir uns wohl zuviel Mühe, blind zu sein und trotzdem zu lachen

Wenn ich an die Zukunft denke, fällt mir zuerst die Anklagebank ein. Ich stelle mir vor, wie es sein wird und was ich sagen werde. Aber ehrlich gesagt, ist das ein Gedankenspiel, das ich nicht so gerne habe. Ich glaube, ich werde mich sehr einsam fühlen, trotz all der Zuschauer.

Ich werde ihrer Familie im Gerichtssaal begegnen, ihrer Nichte, der Schwester und der Frau, von der ich nie wußte, wer sie ist, der unbekannten Verwandten.

Die Schwester überlegte immer, ob sie nicht auch ins Heim gehen sollte; das kommt jetzt für sie wohl nicht mehr in Frage. Krissie hat alle Drei zu ihrer Veranstaltung eingeladen, aber nur die Unbekannte soll nicht gleich Nein gesagt haben. Es interessiert ja im Grunde keinen außer vielleicht einige wenige Angehörige. Die meisten begreifen nicht, daß sie vielleicht die nächsten sind, die auf dem Todesstern landen.

Markus sagt, in letzter Instanz werde es darum gehen, dem Heim Fahrlässigkeit nachzuweisen, für mich würde es dabei um fünf Jahre mehr oder weniger gehen, für die Gesellschaft darum, Menschlichkeit zurückzugewinnen.

Die Presse ist momentan nicht mehr so an mir interessiert. Krissie erzählte, vor ein paar Tagen hat 'ne Mutter ihr Kind umgebracht, das sei jetzt die Schlagzeile, ich bin out, weg vom Fenster sozusagen. Das erleichtert mich ein wenig. Die Vorstellung, von all den zynischen Journalistengeistern umgeben zu sein mit ihren Verkäuferseelen, ihren Straußenhälsen und dem Teleskopauge, mit dem sie wie einäugige Zyklopen unter Blinden sind, fand ich erschreckend.

Markus sagt, daß ich in der Verhandlung nicht viel zu reden brauche, ich müsse nur Angaben zur Person machen. Es würde auch nicht lange dauern. Im Grunde seien sich alle schon einig, zu vertagen. Das könne nur gut für mich sein.

Die Psychotante wird ihr Gutachten verlesen, und wahrscheinlich wird mein Anwalt dann einen Antrag auf ein zweites Gutachten stellen. Und so weiter. Er will, daß ich keine Aussage mache, mich nur 'Nicht-schuldig' bekenne. Aber so einfach ist das nicht. Immer wenn von Schuld die Rede ist, fühle ich mich erleichtert, Ja sagen zu können. Es ist das Einzige, bei dem ich mit gutem Gewissen ja sagen kann. Ich fühle mich schuldig. Ich bin schuldig. Aber Krissie hat wohl recht, wenn sie sagt, man müsse genau sein.

Es ist komisch, wenn mein Anwalt den Ablauf vor Gericht beschreibt, scheint er genau zu wissen, was passiert. Es hört sich an, als ob der Regisseur einem Schauspieler Anweisungen gibt. Nur irgendwie, bin ich weder der Held noch der Bösewicht, sondern bloß die Nebenfigur. Markus sagt, er müsse vielleicht für mich unangenehme Sachen sagen. Daß ich ein schlichtes Gemüt sei und so. Auch die Sache mit meinem Vater will er benutzen. Er ist der Meinung, schlechte Kindheit gehöre zur Pflicht vor Gericht, und wenn da schon nichts läuft, müßten wenigstens Schicksalsschläge her.

Der Mann redet, als ob das alles so das Beste sei. Ich will ihm auch gerne glauben, aber es fühlt sich schon komisch an. So ähnlich müssen die Alten sich im Heim vorkommen: obwohl es ihr Leben ist, sind sie nur Nebenfiguren. Die meisten kriegen auch nur gesagt, was sie tun sollen, und daß dies alles zu ihrem Besten sei: wenn sie ihre Drogen schlucken, ins Bett oder sonst was sollen.

Es tut gut, an Krissie zu denken. Es tut gut, an Krissie, Priska, meine Mutter, Melle, Tom, Annette und all die anderen zu denken, die da draußen sind und mich nicht vergessen. Es tut gut zu wissen, daß sie da sein werden, wenn ich hier rauskomme.

Es sind noch wenige Tage, dann holen sie mich zur Verhandlung, dann werde ich vielleicht endlich zu einem Verurteilten. Und ich bekomme eine Zelle mit Klo und Waschbecken. Aber das Beste ist, ich weiß, daß es irgendwann anders sein kann, daß eines Tages sich das große schwere Eisentor unten öffnet und ich aus der Enge heraustrete, hinaus auf die Straße, unter den weiten Himmel, daß ich tief durchatmen, die Arme ausbreiten und sagen werde: „Ich bin frei!"

Natürlich bin ich schuld, ich weiß nicht, was es da viel drumrumzureden gibt. „Ich bin schuldig", ist genau das, was ich dem Richter sagen werde, gleich als erstes, schließlich geht es ihm ja wohl auch darum und nicht um meine Kindheit. Ich werde sagen: „Nein, ich bin kein Mörder! Und: nein, da war kein Kissen! Frau Schlegel ist an ihrer Angst erstickt! Sie fürchtete den Tod, aber sehnte ihn trotzdem herbei, weil ihr Leben noch furchtbarer war, als nicht zu sein!"

Von Annemarie werde ich nicht sprechen, nein, das würde nichts ändern. Sie ist als einzige menschlich gewesen. Ich aber werde zwischen den Zuschauern nach Leuten vom Todesstern suchen, und wenn ich die Bambuszwillinge gefunden habe, werde ich fortfahren: „Die Alten auf den Todessternen leiden unter Herzlosigkeit, jede Sekunde, die wir nichts dagegen tun, nimmt unsere Schuld zu, jede Sekunde, die wir nicht daran denken, ist Verrat! Ich habe für die Bewohner entschieden, dafür möchte ich um Vergebung bitten! Ich habe ständig für die Alten entschieden, ich habe für sie entschieden, daß sie die Regeln des Heims zu dulden haben, ich habe für sie und für mich entschieden, die Spielregeln zu akzeptieren! Das tut mir leid, das ist nicht wieder gutzumachen, nicht gestern, aber morgen: man kann das Sterben nur verändern, indem man das Leben ändert!"

Und dann werde ich mich setzen, aber es wird trotzdem so sein, als wäre ich endgültig aufgestanden.

Ein abschließender Dank gilt
Peter Reibisch, ohne den dieses Buch
niemals hätte geschrieben
werden können!

Anhang

Ach du meine Güte: Zitat aus Star Wars IV

AiP: Arzt im Praktikum

ausräumen: durch Einführen der Hand in den After, den Darm eines anderen entleeren

Bantha Puuduh: Banthafutter, Zitat aus Star Wars I

Bedarfsmedikation: Medikamente, die nur bei Bedarf, zum Beispiel Übelkeit, verabreicht oder genommen werden

Bewohner: Bezeichnung für die alten Menschen, die ein Heim bewohnen

BW: Abkürzung für Bewohner

Dann wollen wir doch mal sehen, ob der Alte den Fangstrahl abgestellt hat: Zitat aus Star Wars IV

Darth Vader: Figur aus Star Wars, das personifizierte Böse

De coona tuta, Solo: Wo soll es hingehen, Solo? Zitat aus Star Wars IV

Dekubitus: Druckgeschwür, das bis zum Tod durch Blutvergiftung führen kann

Dreibein: ein Mensch, der als Gehhilfe einen Stock benutzt

Eßhilfe: pflegerisch korrekte Bezeichnung für Füttern

Examiniert: ausgebildete Altenpfleger

Fuchur: Figur aus dem Film "Die unendliche Geschichte"

Haldol: Psychopharmakon mit seditativer Wirkung

Han Solo: Held aus Star Wars

Ich hab' ein ziemlich mieses Gefühl bei dieser Sache!: Zitat, bzw. running Gag aus der Star Wars Triologie

Ich wußte, daß es mehr für Sie gibt als nur Geld!: Zitat aus Star Wars IV

Jabba: Jabba the Hut, Figur aus Star Wars

Kardex: Kardex-System, Ordnersystem, Sammlung aller persönlichen Daten, medizinischen Befunde und monatlichen Pflegedokumentationen der Bewohner einer Station

Läufer: BW, der in der Lage ist, sich selbständig und aufrecht fortzubewegen

Luke Skywalker: Held aus Star Wars

Mett: Slangausdruck für einen bettlägerigen Menschen, Plural: Metten

Mobilisation: pflegerische Maßnahmen zur Erhaltung bzw. Wiederherstellung der körperlichen Mobilität

PEG: Pumpe, bzw. Gerät zur künstlichen Ernährung

Peristaltik: Hier: Darmmuskulatur

Pflegenachweis: von Krankenkassen zur Abrechnung benötigtes Abrechnungssystem

PDL: Pflegedienstleitung

Placebo: Zuckertablette mit rein suggestiver Wirkung

Pille: Spitzname, bezugnehmend auf den Arbeitsbereich, auf das Tabletten stellen

Psychopharmakon: Medikament, das eine steuernde Wirkung auf psychische Abläufe im Menschen hat

Roller: alter Mensch im Rollstuhl

ruhigstellen: eine der möglichen steuernden Wirkungen eines Psychopharmakons

R2: R2 D2, kleiner Roboter, Figur aus Star Wars

Standard: Regelvorlage zur Handhabung eines Sachverhaltes, bzw. Pflegeaufwandes

So klein und schon bei den Sturmtruppen?: Zitat aus Star Wars IV

Todesstern: von den „Bösen" erbaute Raumstation und Waffe aus Star Wars

Vorlage: Windel für ältere Menschen

Wüstenplanet: Romanzyklus von Frank Herbert, Titel und Lokation

Zweirad: Bezeichnung für einen Menschen, der als Gehilfe einen Gehwagen benutzt